Die unlangweiligste Schule der Welt

Das Klassentreffen

Die unlangweiligste Schule der Welt

Band 1 Auf Klassenfahrt

Band 2 Das geheime Klassenzimmer

Band 3 Die entführte Lehrerin

Band 4 Zeugnis-Alarm!

Band 5 Duell der Schulen

Band 6 Geisterstunde

Band 7 Der Schüleraustausch

Band 8 Das Klassentreffen

Weitere unlangweilige Abenteuer
sind in Vorbereitung!

Sabrina J. Kirschner

Die unlangweiligste Schule der Welt

Das Klassentreffen

Mit Bildern von Monika Parciak

CARLSEN

BEHÖRDE FÜR ★ BFLB ★ LANGEWEILEBEKÄMPFUNG

Mission: Das Klassentreffen 505.ZZZ.8

VERTRAULICH!
BEHÖRDE FÜR
BFLB
LANGEWEILEBEKÄMPFUNG

AKTENZEICHEN 505.ZZZ

NAME: Maximilian „Maxe" Zack
LEHRERIN: Frau Penne

ÄUSSERE MERKMALE: braune Augen, 145 cm, Nase leicht schief (da bereits 2x gebrochen), Schultasche zugemüllt
KLASSENBUCHEINTRÄGE: 1258
BESONDERE FÄHIGKEITEN: einfallsreich, mutig
HAUSTIER: Makkaroni (Labrador)
GESCHWISTER: 2 große Brüder, 1 kleiner Bruder
KENNTNISSE: Streiche, Stinkbomben
NOTEN: Darüber reden wir lieber nicht.
LEIBSPEISE: Makkaroni mit Käse
AUSSERDEM: hasst Schule, Erzfeind: Direktor Schnittlich

NAME: Frieda Geratwol
LEHRERIN: Frau Penne

ÄUSSERE MERKMALE: blaue Augen, lange braune Haare, 166 cm, trägt gern T-Shirts mit seltsamen Sprüchen drauf
KLASSENBUCHEINTRÄGE: 3
BESONDERE FÄHIGKEITEN: zuverlässig, stur, megaschlau
HAUSTIER: Knutschkugel (Katze)
GESCHWISTER: keine
KENNTNISSE: weiß alles, kann alles (okay, alles außer werfen)
NOTEN: 1,0
LEIBSPEISE: Nusshörnchen
AUSSERDEM: liebt Schule, will mal Lehrerin werden

NAME: Makkaroni Zack
SCHULE: Hundeschule Derbeistnich

BERUF: Zurückbringer von zu Boden gegangenen Flugobjekten (Stöcken, Bällen, Socken)
ÄUSSERE MERKMALE: hellbeiges Fell, braune Hundeblickaugen
HAUSTIER: Maxe Zack (kleiner Junge)
BESONDERE FÄHIGKEITEN: erschnüffeln von leckeren Käsegerichten, bester Freund sein
LEIBSPEISE: Makkaroni mit Käse

BEHÖRDE FÜR ★ BFLB ★ LANGEWEILEBEKÄMPFUNG

NAME: Knutschkugel Geratwol
SCHULE: bitte was?!

BERUF: Weltherrscherin
ÄUSSERE MERKMALE: seidenweiches Fell, spitze Ohren, katzenhafter Blick
HAUSTIER: Frieda Geratwol (großes Mädchen)
BESONDERE FÄHIGKEITEN: schlafen, gestreichelt werden
LEIBSPEISE: Lachsröllchen, Gänseleberpastete

STRENG GEHEIM!

AKTENZEICHEN 505.ZZZ

NAME: Karl von Streichzapf
LEHRERIN: Frau Penne

ÄUSSERE MERKMALE: Gelhaare, schnieke Klamotten
KLASSENBUCHEINTRÄGE: 1
BESONDERE FÄHIGKEITEN: nett tun, bestimmen, schlummern
LEIBSPEISE: Cordon bleu

NAME: Elinore Pfusch
LEHRERIN: Frau Penne

ÄUSSERE MERKMALE: dünne Schnittlauchhaare
KLASSENBUCHEINTRÄGE: 1
BESONDERE FÄHIGKEITEN: nichts tun, chillen, tagträumen
LEIBSPEISE: Nudeln

NAME: Pascal Schwazer
LEHRERIN: Frau Penne

ÄUSSERE MERKMALE: lispelt, feuerrotes Haar
KLASSENBUCHEINTRÄGE: 2
BESONDERE FÄHIGKEITEN: Gruselgeschichten erzählen, übertreiben, wegratzen
LEIBSPEISE: Blutwurst mit Kartoffelbrei

NAME: Suse Zickler
LEHRERIN: Frau Penne

ÄUSSERE MERKMALE: Kleidchen, Blümchen, Schleifchen, blonde Zöpfe
KLASSENBUCHEINTRÄGE: 1
BESONDERE FÄHIGKEITEN: rumheulen, zicken, nölen, dösen
LEIBSPEISE: Erdbeerkuchen

STRENG GEHEIM!

NAME: Anton Fuchs
LEHRERIN: Frau Penne

ÄUSSERE MERKMALE: dicke Brille
KLASSENBUCHEINTRÄGE: 4
BESONDERE FÄHIGKEITEN: mutig, ehrlich, kann Streit schlichten, schnarchen
LEIBSPEISE: Honigbrot

NAME: Felix Frohm
LEHRERIN: Frau Penne

ÄUSSERE MERKMALE: neongrüne Zahnspange
KLASSENBUCHEINTRÄGE: 2
BESONDERE FÄHIGKEITEN: krasse Lache, alles gut finden, pennen
LEIBSPEISE: Nudelsuppe

AKTENZEICHEN 505.ZZZ

NAME: Egon Traufe
BERUF: Hausmeister

ÄUSSERE MERKMALE: kratzige Stimme, buckliger Rücken, lichtes Haar
HAUSTIER: Alfons (Englische Bulldogge)
BESONDERE FÄHIGKEITEN:
Schüler aufspüren, Schüler bestrafen
LEIBSPEISE: Salat mit Gurke

NAME: Flora Heuchle
BERUF: Sekretärin

ÄUSSERE MERKMALE: X-Beine, Stöckelabsätze, tomatenrote Lippen
HAUSTIER: Papagei
BESONDERE FÄHIGKEITEN:
übertrieben freundlich sein
LEIBSPEISE: Käsestückchen

NAME: Anna-Maria Penne
BERUF: Lehrerin

ÄUSSERE MERKMALE: trägt immer dasselbe (oder hat alles doppelt)
BESONDERE FÄHIGKEITEN: Schüler in den Schlaf quatschen, Kinder zu Tode langweilen
LIEBLINGSLAND: Italien
LEIBSPEISE: Pasta mit Pesto, vielleicht Schokolade?

NAME: Horst Schnittlich
BERUF: Schulleiter

ÄUSSERE MERKMALE: Durchschnittstyp
BESONDERE FÄHIGKEITEN: gemein sein, sich Regeln ausdenken für das von ihm entwickelte „Schnittliche Schulregularium"
ERZFEIND(E): Kinder
LEIBSPEISE: alle Arten von Wurst

Der Auftrag beginnt …

Mission: Das Klassentreffen 505.ZZZ.8/01

MONTAG, 04. APRIL 8:15 UHR.
MITTELHAUSEN.

BFLB MOBILE ZENTRALE.

Meine lieben Kollegen,

eine neue Mission steht an. Schulleiter Schnittlich gibt nicht auf. Die Langeweile hat die kleine Gemeinde Mittelhausen noch immer fest im Griff. Das Epizentrum, die Schnittlich-Schule, ist kein sicherer Ort des Lernens, solange der Schulleiter seine finsteren Pläne verfolgt.

Und er führt schon wieder was im Schilde. Einladungen wurden verschickt – ins ganze Land. Die ehemaligen Schülerinnen und Schüler sind bereits auf dem Weg nach Mittelhausen. Was dies für unsere Agenten Zack und Geratwol bedeutet, ist noch nicht abzusehen. Aber ich rieche eine absolut unlangweilige Mission! Eine Mission voller unerwarteter Wendungen und heimtückischer Gefahren.

Ziehen Sie sich also warm an, denn an dieser Schule weiß man nie, was einem als Nächstes blüht!

Mit freundlichen Grüßen
Inspektor Rasputin Rumpus

Das (un)langweiligste Klassenfoto der Welt

An Maxes Backe klebte etwas, das sich anfühlte wie Leder. Oder war es nasskalte Haut? Er würgte laut. In seinem Mund steckten Haare. Angewidert verzog er das Gesicht.
„Hey, jetzt drängle doch nicht so!“, nuschelte eine Stimme irgendwo über Maxe.
„Ich drängele gar nicht, du drängelst!“, zeterte es zurück.
„Nicht lachen, bloß nicht lachen“, wisperte es irgendwo unter ihm, „sonst sind wir geliefert.“
Maxe versuchte, den Kopf zu drehen. „Elinore?“, japste er. „Was machst du da unten?“

„Ich wollte mich nur kurz hinsetzen, und dann kam ich nicht mehr hoch.“ Seine Mitschülerin gähnte.

Maxe versuchte, einen Arm zu befreien. Vergeblich.

„Aua! Das war mein Bauch!“, heulte sofort jemand neben ihm.

Er spuckte. Diese Haare, wem die wohl gehörten? Irgendwie kam ihm der Geruch nach Erdbeerkaugummi bekannt vor.

„Okay, mir reicht's! Ich bin raus!“ Plötzlich wurde Maxe grob zur Seite gestoßen. Das kalte Leder an seiner Backe verschwand.

Licht stach ihm in die Augen, als sich vor ihm unerwartet eine Lücke auftat.

Plötzlich zuckte ein greller Blitz auf.

Geblendet riss Maxe die Arme hoch. „Uhhh!“

Er blinzelte. Langsam erkannte er den winzigen Raum, in dem er sich mit seiner Klasse befand.

Vor ihnen stand Herr Schnittlich mit einer klobigen Kamera und einer Studiolampe in der Hand, daneben Frau Penne.

„Bitte recht unfreundlich!“, verkündete der

Schulleiter und drückte noch einmal auf den Auslöser.
„Was'n das für ein Dino von Fotoapparat? Hat der kein Smartphone oder wenigstens eine Digitalkamera?“, kicherte jemand in der ersten Reihe.
„Felix, nicht lachen!“, wetterte Frau Penne im selben Moment. „Regel Nummer 1: Du sollst in der Schule niemals lachen!“
„Aber ich dachte, wir machen Klassenfotos!“, gackerte Felix weiter.
Helles Kichern mischte sich darunter. War das Suse?
Maxe konnte nur raten, wer das war. Seine Ohren waren immer noch eingeklemmt zwischen ein paar müffelnden Kinderachseln.
„Ich kann nicht anders! Sobald es blitzt, muss ich einfach lächeln“, kicherte das Mädchen weiter. Ja, eindeutig Suse.
Maxe versuchte, sich noch etwas mehr Luft zu verschaffen. Warum musste dieses Fotoshooting ausgerechnet im kleinsten Klassenzimmer der Welt stattfinden?
Aber all das Drücken und Drängeln half nichts.

Schon wieder klatschten ihm braune Haare ins Gesicht. „Hey Maxe, du stehst auf meinem Fuß", stöhnte Frieda und schob ihre Haare zur Seite. Maxe verdrehte die Augen. „Du musst mal zum Friseur!" Kein Wunder, dass er den Geruch kannte! Frieda war seine beste Freundin – aber ihre Haare wollte er trotzdem nicht im Mund haben! Selbst die Flusen seines Hundekumpels Makkaroni schmeckten absolut widerlich. Vor allem, wenn sie mal wieder an einem von Maxes angebissenen Schokoriegeln klebten.

„Alle Kinder schneiden sich die Haare mit der Schere, nur nicht Andrea, die nimmt den Rasenmäher", kicherte Felix.

Die Klasse grölte los und Maxe wurde durchgeschüttelt. Trotzdem lachte er mit.

Nur Frieda seufzte. „Flachwitze … tsts … hast du nichts Besseres drauf?"

„Doch, klar, warte", setzte Felix an. „Sitzen ein Bauer, ein Architekt und ein …"

„Nicht laaaaachen!", schrie Herr Schnittlich und feuerte eine Salve Lichtblitze ab.

Die Kinder zogen erschrocken die Köpfe ein.

Karl stieß Maxe den Ellbogen in den Bauch, Maxes Augäpfel quollen hervor, Tränen schossen hinaus. Genau da blitzte es noch einmal.
„Hervorragend!“, rief der Schulleiter zufrieden. „Das war mal ein guter Schnappschuss!“ Er hantierte an seiner Kamera herum. „Nicht schlecht, gar nicht schlecht“, brummte er, während das letzte Sofortbild aus dem sperrigen Apparat herausschoss.

Der Schulleiter schnappte es und wedelte damit durch die Luft. Dann betrachtete er das Ergebnis.

„Wunderbar! Wir haben es im Kasten!“, rief er triumphierend.
„Heisssst dasss, wir können jetzzzt hier weg?“
Pascal musste ganz außen stehen, denn Maxe konnte sein Lispeln kaum hören.
Das Drängeln und Schubsen ging wieder los. Maxe wurde nach vorne geschoben. Unerwartet ploppte er aus der Reihe. Luft strömte in seine Lungen.
„Ufff!“
„Moment!“ Schnittlich breitete die Arme aus und versperrte die Tür – den einzigen Fluchtweg aus dem Raum. „Nicht so schnell!“
Ihre Lehrerin Frau Penne kauerte unsicher neben ihm. Offenbar hatte sie auch keine Ahnung, was der Schulleiter vorhatte.
„Ich habe noch eine Aufgabe für euch! Folgt mir!“
Mit diesen Worten drehte er sich um und trat hinaus in den Flur.
Sofort stürmten die Kinder hinterher. Länger hätte es auch niemand in diesem stickigen Verlies ausgehalten!
Herr Schnittlich hielt das Klassenfoto hoch.
„Während ich dafür sorge, dass dieses gelungene

Bild seinen Platz in unserer Galerie findet …", er ließ seinen Blick über die unendlich langen Bilderreihen an den fensterlosen Kellerwänden schweifen, „werdet ihr die Namen sämtlicher ehemaliger Schnittlich-Schüler auswendig lernen." Er sah auf die Uhr. „Bis heute Abend um sechs Uhr, dann beginnt unser Klassentreffen."
Ein Wirrwarr aus grauen Gesichtern starrte auf Maxe herunter. Er musste den Kopf ganz weit in den Nacken legen, um all die aufgehängten Schüler und Schülerinnen erkennen zu können.
Die Gesichter zu Fratzen verzogen, mit weit aufgerissenen Augen und Mündern – ihr Anblick war einfach nur …
„Total abgefahren!", keuchte Maxe. „Da ist kein ansehnliches Bild dabei."
„Sieht aus, als wären sie in Schockstarre", mutmaßte Frieda.
„Oder auf der Flucht", überlegte Maxe.
„Der links außen ist mein Papa!" Frieda deutete auf ein Bild vor ihnen. „Ihm habe ich es quasi zu verdanken, dass ich an dieser Schule gelandet bin."
„Echt jetzt? Der Typ mit den langen Haaren?"

Maxe kniff die Augen zusammen, um die klein gedruckte Schrift unter dem Foto zu entziffern. „Oliver Geratwol!“ Kaum zu glauben! Der Junge mit dem gequälten Gesicht erinnerte nicht mal entfernt an Friedas immer gut gelaunten Vater.

„Jetzt weiß ich auch, warum wir nicht lachen sollten“, nuschelte Elinore. „Hier hat ja noch nie jemand gelacht.“

„Dasss issst so Tradition“, pflichtete ihr Pascal bei.

Maxe pfiff durch die Zähne. „Das erklärt natürlich einiges.“ Er drehte sich einmal um die eigene Achse. Die seltsamen Bilder der ehemaligen Schüler und Schülerinnen waren überall, sogar an der Decke des Kellergangs! Zum Teil hingen sie sogar übereinander.

„Da ist meine Mami!“, rief Suse glücklich aus einer besonders finsteren Ecke des Flurs.

Maxe seufzte. „Kaum zu glauben, dass sich unsere Eltern auch schon hier durchschlagen mussten.“

„Und wozu das Ganze¿“, fragte Frieda skeptisch. „Warum müssen wir die Namen auswendig lernen¿“

Auf diese Frage schien der Schulleiter bloß

gewartet zu haben. Lächelnd rieb er sich die Hände. „Wie ihr ja wisst, findet heute Abend unser alljährliches Klassentreffen statt. Generationen von Schnittlich-Schülern haben den weiten Weg nach Mittelhausen auf sich genommen."

„Die meisten kommen doch direkt aus Mittelhausen und haben es nicht weit", stellte Frieda trocken fest.

Maxe grinste breit. „Abgefahren! Sturmfrei für einen Abend! Meine Eltern waren auch beide hier. Da war die Schule aber noch cool, mit dem alten Schnittlich."

Der Direktor lief rot an. „Ruhe! Ich will nichts mehr von dir hören!"

Maxe verstummte. Das war Schnittlichs wunder Punkt. Schließlich hatten sie erst vor Kurzem Schnittlichs Vater – den „Kopflosen Schulleiter" – quer durch die Schule gejagt. Zweifelsohne war der Alte vollkommen verrückt, aber dafür tausendmal cooler als sein Sohn.

Herr Schnittlich räusperte sich. „Ihr werdet mir beim Empfang der ehemaligen Schüler helfen. Ihr werdet sie mit mir zusammen begrüßen."

„Na toll!“, zischte Elinore. „Nur weil der sich nicht die Namen merken kann, sitzen wir jetzt hier fest!“

Maxe musste husten. Fast hätte er seine eigene Zunge verschluckt. Schnittlich helfen? Nur über seine Leiche. „Und was springt für uns dabei raus?“, platzte er hervor.

Frieda kicherte leise. „Jetzt verrutscht gleich wieder seine Perücke.“

Doch Schnittlich blieb ganz ruhig. „Wenn ihr alle Gäste begrüßt habt, dürft ihr nach Hause. Dann habt ihr für den Abend … wie soll ich es nennen … sturmfrei?“ Schnittlichs Mund verzog sich zu einem hinterhältigen Lächeln.

Maxe traute seinen Ohren kaum. „Wie lange dauert denn dieses Klassentreffen so im Schnitt?“

„Lange, sehr lange …“, murmelte Frau Penne und klang dabei irgendwie besorgt.

Herr Schnittlich legte ihr die Hand auf die Schulter. „Kommen Sie, meine Allerwerteste, wir schauen mal nach, ob Traufe schon das eiskalte Buffet vorbereitet hat.“

Maxe wurde das Gefühl nicht los, dass hier mal

wieder etwas faul war. Doch ihnen blieb keine andere Wahl. Während der Schulleiter und die Lehrerin wieder nach oben gingen, studierten die Kinder die Klassenfotos.

„Können wir die Bilder nicht irgendwie einpacken oder abfotografieren?“ Maxe guckte sich verzweifelt im Gang um. „Ich kann mir unmöglich alle Namen merken! Das sind ja bestimmt hundert!“

Frieda, die schon mit der untersten Reihe fertig war, zog sich einen Stuhl heran. „Wie denn ohne Handy?“

„Reicht es nicht, wenn wir uns nur eine Klasse merken?“, überlegte Maxe laut.

Seine Freundin schüttelte den Kopf. „Du weißt ja nicht, wer am Ende kommt. Oder willst du, dass wir deinetwegen ewig bleiben müssen?“

Plötzlich erspähte Maxe ein Bild. Halb verdeckt hing es unter einem anderen in der hintersten Ecke des Gangs. „Hey, schau mal, das Bild da kommt mir irgendwie bekannt vor.“

Frieda folgte ihm langsam. „Hm, da könntest du recht haben, ich glaube …“

Maxe kletterte auf einen Stuhl und nahm das Bild von der Wand.
„… das ist das Foto aus dem Jahrbuch, das wir im geheimen Klassenzimmer gefunden haben!", wisperte sie.
Maxe kicherte. „Ja, wen haben wir denn da? Das sind die ganzen Knastbrüder – also die Kerle, die früher hier gehaust haben, als die Schule noch ein Gefängnis war – und dazwischen …"
„Schnittlich!", gackerte Felix, der hinter ihnen stand.
Maxe zog das Bild weg. „Hey, ich hab's gefunden, die Namen lerne ich jetzt."
Frieda seufzte. „Aber wehe, wir dürfen deinetwegen nicht nach Hause! Bestimmt hat Schnittlich die nicht mal eingeladen."
Maxe schüttelte den Kopf. „Kein Mensch kann sich in einer Stunde so viele Namen merken."
Frieda hob eine Augenbraue.
Maxe verbesserte sich. „Na ja, kein Mensch außer dir. Du wirst schon sehen, meine Strategie ist die bessere!"

Mission: Das Klassentreffen 505.ZZZ.8/02

MONTAG, 04. APRIL

LANGEWEILE-BEKÄMPFUNGSEINHEITEN:

1 Packung Gute-Laune-Kracher
1 Wachsmaske mit krummer Nase
1 rothaarige Zottelperücke

18:05 UHR. MITTELHAUSEN. SCHNITTLICH-SCHULE.

So, das Geheimnis ist gelüftet. Endlich weiß ich, was Schnittlich seit Wochen plant: das große Klassentreffen. Dafür hat er sich wirklich nicht lumpen lassen, unser Schulleiterchen. Aber keine Sorge, ich lasse mich nicht an der Nase herumführen. Hinter all dem Glanz und Gloria steckt wie immer ein eiskalter Plan. Mal sehen, was der Schulleiter diesmal ausgeheckt hat!

MfG
Insp. RR

Die 13. Klasse

Maxe stand ganz oben auf der letzten Treppenstufe in der Eingangshalle – am Ende der Reihe von Kindern. Auch wenn ihm Frieda versucht hatte zu erklären, dass Letzter zu sein in diesem Fall keine gute Position war, so war er damit gerade höchst zufrieden. Denn er überblickte alles.

Und er kam aus dem Staunen überhaupt nicht mehr heraus. Zum ersten Mal sah die Schnittlich-Schule fast aus wie eine normale Schule. Also wie die, die man so aus dem Fernsehen kannte: die mit den lichtdurchfluteten Klassenräumen, bunten

Fluren voller selbst gemalter Bilder und Tischtennisplatten im Pausenraum.
Herr Schnittlich hatte keine Mühe gescheut und extra ein paar Lampen und Ölgemälde vom Flohmarkt herbeigeschafft. Selbst Frau Penne trug statt ihres grauen Pullovers eine bunt gemusterte Rüschenbluse, in der sie aussah wie die fransigen Lampenschirme.
Gerade schritt ein Paar durch die Tür. Die Frau trug ein bodenlanges rotes Kleid und der Mann einen schwarzen Anzug mit Krawatte. Wollten die zu einer Filmpremiere?
Maxe kniff die Augen zusammen. Irgendwas an dem Herrn kam ihm bekannt vor.
„Da, da sind meine Eltern!", quiekte in dem Moment auch schon Karl von Streichzapf, der ein paar Stufen weiter unten stand.
Maxe kicherte. „Wer sonst?" Genau wie seine alten Leutchen war auch Karl ein Experte darin, stets mit den falschen Klamotten anzutanzen.
Das nächste Pärchen dagegen schien gerade aus dem Bett gefallen zu sein. Die Haare hingen ihnen wirr im Gesicht, die Frau gähnte müde.

„Hallo Mama, hallo Papa!“, rief Elinore und sauste zur Tür.
Schnittlich begrüßte die Pfuschs, während Frieda neben ihm gelangweilt ihre Fingernägel studierte.
Maxe freute sich diebisch. „Wenn das so weitergeht, sind wir im Nullkommanichts hier raus.“
Kaum hatte er das gesagt, betrat ein Mann die Eingangshalle, den Maxe tatsächlich noch nie gesehen hatte. Friedas Kopf zuckte herum. Auch Herr Schnittlich musterte den Neuankömmling ratlos.
Sofort war Frieda zur Stelle. „Das ist Herr Obermaier“, hörte Maxe sie sagen. „Er stellt Wasserhähne und Gartenschläuche her. Vor 25 Jahren ging er hier zur Schule“, steckte sie dem Schulleiter selbstsicher.
Schnittlich lächelte zufrieden. „Wunderbar, liebe Frieda! Du kannst dich an die Tür stellen, wo Karl und Elinore bereits warten.“
Maxe beobachtete, wie Frieda sich zu den anderen gesellte. Die Gruppe der Kinder vor ihm schrumpfte schnell, während immer mehr Ehemalige die Eingangshalle füllten.

Bald standen nur noch Maxe und Anton neben Schnittlich auf der Treppe.
„Den Nächsten erkenne ich. Da bin ich mir ganz sicher“, plapperte Anton vor sich hin. „Die anderen hätte ich auch gewusst, aber nur passiv, mein aktives Namensgedächtnis ist einfach nicht so gut.“
„Aha“, grunzte Maxe, ohne wirklich zu verstehen, wovon Anton sprach.
In dem Moment betraten Maxes Eltern den Raum. Seine Mutter trug ein Kleid und sein Vater tatsächlich ein Jackett.
Maxe musste husten. „Was geht ab?“ So schick machten die beiden sich sonst nie! Entgeistert starrte er zur Tür. Das war sein Pech.
„Die kenne ich!“, rief Anton nämlich schon. „Das sind doch deine Eltern, Maxe, oder? Herr und Frau Zack?“
„Sehr gut, Anton! Dann darfst du jetzt zu deinen Klassenkameraden gehen.“ Herr Schnittlich lächelte böse. „Maxe Zack! Du hast noch niemanden erkannt! Noch nicht mal deine Eltern!“
Während Anton begeistert davonstürmte, schob

sich eine bullige Gestalt neben den Schulleiter. „Boss, es sind nun alle da, die auf der Gästeliste stehen", krächzte Hausmeister Traufe und hielt dem Direktor eine lange Liste unter die Nase.
Herr Schnittlich runzelte die Stirn. „Hm … wie es aussieht, muss die Klasse dann wohl hierbleiben. Zack hat noch niemanden erkannt."
„Oh no, bitte nicht!", flehte Maxe und wurde direkt erhört.
Denn genau da öffneten sich die Flügeltüren zur Eingangshalle noch einmal. Erleichtert hob Maxe den Kopf.
Ein Mann betrat den Raum. Er trug einen schwarzen Mantel, eine tief in die Stirn gezogene Kappe und eine riesige Sonnenbrille. Obwohl die Sonne gar nicht mehr schien!
Maxes Laune sank in den Keller. Den konnte er doch gar nicht erkennen! „Das ist unfair! Der Typ ist verkleidet!"
In dem Moment schlüpfte eine weitere Gestalt durch die Tür.
Wieder reckte Maxe den Hals – und hätte vor Freude fast einen Luftsprung gemacht!

„Den kenne ich, den kenne ich!“, schrie er übermütig durch die Halle.
Mit einem Mal war es mucksmäuschenstill. Alle starrten erschrocken zur Tür.
„Der Mann mit dem Schnauzbart ist Bertram Schmier!“, rief Maxe stolz in die Stille hinein.
Doch Herr Schnittlich reagierte nicht. Mit hochrotem Kopf fixierte er die Neuankömmlinge.
Maxe runzelte die Stirn. „Hey, ein Deal ist ein Deal! Dürfen wir jetzt nach Hause oder nicht?“
Der Schulleiter hob die Hand. „Sei sofort still!“
Wütend stampfte er durch die Halle. „Was fällt dir ein, hier aufzukreuzen? Du bist nicht eingeladen!“, wetterte er so laut, dass seine Stimme von den Wänden hallte.
„Wow!“, entfuhr es Maxe. „Der saß wohl genauso oft auf dem stillen Örtchen wie ich! Oder warum wurde er nicht zum Klassentreffen eingeladen? Was der wohl verbrochen hat?“
„Vandalismus!“, zischte Frieda, die plötzlich wieder neben ihm stand.
„Wundawas?“, fragte Maxe, während Schnittlich dem Mann den Weg versperrte.

„Vandalismus bedeutet, dass er alles Mögliche in Schutt und Asche gelegt hat. Zum Beispiel diese Eingangshalle hier“, erklärte Frieda. „Das ist schon ein paar Jahre her … als die Schule noch gar keine Schule war. Aber der ist noch immer berühmt-berüchtigt, man nennt ihn den schmutzigen Schmier!“

Maxe grunzte amüsiert. „Den schmutzigen Schmier, jetzt echt?!" Maxe eilte die Treppe hinab. „Total abgefahren, den muss ich mir genauer angucken!"
Schnittlich hatte sich mittlerweile vor den zwei Männern aufgebaut. „Was willst du hier?"
„Ich bin gekränkt, Musterknabe, dass ausgerechnet *du* mich vergessen hast! Deinen besten Freund!" Der Kerl breitete die Arme aus.
Der Schulleiter wich zurück. „Bleib mir vom Hals!", zischte er so leise, dass nur Maxe und der Schnauzbart ihn hören konnten.
Maxe musste husten. „Musterknabe?" So sehr er sich auch bemühte, sein Lachen zu unterdrücken, es wollte raus.
Der Schnauzbärtige versuchte weiter, den Direktor zu umarmen.
Das schien den Schulleiter nur noch mehr auf die Palme zu bringen. „Traufe, hierher! Wo sind Sie, wenn man Sie mal braucht?" Er reckte den Hals, aber der Hausmeister war nirgends zu sehen.
Maxe beobachtete, wie der Schulleiter vor Wut rot anlief.

Schon drehte er sich zu Maxe um – seinem Lieblingssündenbock. „Das ist alles deine Schuld!“, knurrte er. „Das wirst du noch bereuen, Junge!“
„Hey, was hab ich denn getan?“, rief Maxe trotzig. „Sie wollten doch, dass wir die Namen aller Gäste auswendig lernen!“
„Aber der war nicht mal auf meiner Liste!“
„Auf dem Klassenfoto aber schon!“
Plötzlich drängte sich der zweite Gast, der verkleidete Typ im Mantel, nach vorne. Langsam zog er die dunkle Sonnenbrille ein Stückchen hinab. „Ich hätte da einen Vorschlag …“
Maxe stutzte – die blauen Augen kannte er doch. Hatte er den Kerl auf einem der Klassenfotos gesehen?
Nein, die Fotos waren ja alle schwarz-weiß gewesen.
Maxe versuchte, mehr von seinem Gesicht zu erkennen.
Aber in dem Moment wandte der Mann sich um. Er legte einen Arm um Bertram Schmier und einen um Horst Schnittlich. „Ich dachte, hier steigt heute eine rauschende Party!“, frohlockte er. „Am besten,

wir trinken erst einmal eine leckere Limo zusammen, und dann sehen wir weiter.“ Kurz ließ er Schmier los, um in seiner Manteltasche zu graben. Fröhlich pfeifend zog er eine Packung Fruchtgummis hervor. „Jemand Lust auf ein paar Gute-Laune-Kracher?“ Er hielt den beiden verdatterten Herren die Tüte unter die Nase.
Maxes Magen knurrte. Gerade wollte er die Hand ausstrecken, als die drei in der Menge verschwanden. Mist, nun wusste er immer noch nicht, wer das war!
Frieda packte Maxe am Arm. „Ich würde sagen, das ist unser Stichwort!“ Sie deutete mit dem Kopf zur Tür.
„Hey, wieso? Ich will wissen, wie's weitergeht!“ Aber seine Freundin zog ihn bereits nach draußen.
„Nichts da!“, zischte Frieda. „Wir verschwinden besser. Schnittlich führt mal wieder etwas im Schilde, und wir müssen herausfinden, was.“
Endlich gab Maxe seine Gegenwehr auf und lief mit den anderen über den Schulhof.

Mission: Das Klassentreffen 505.ZZZ.8/03

MONTAG, 04. APRIL

LBE:

1 blutroter Lippenstift
12 Packungen Taschentücher
1 Windmaschine
1 Inhalt von Müllers Mülltonne
1 Harzer Käse

20:15 UHR. MITTELHAUSEN. BERGWEG.

Puh! Hab's gerade noch pünktlich zum Abendprogramm in den Bergweg geschafft! Ein neuer Auftrag wartet schon darauf, von Zack und Geratwol entgegengenommen zu werden. Diesmal ist die Übergabe allerdings nicht ganz so schmackhaft wie beim letzten Mal. Eher ein wenig … ekelhaft.

MfG
Insp. RR

voll verschnupft

Maxe stieß die Tür auf. Prompt wurde er von seinem Hundekumpel über den Haufen gerannt. „Hey, ich hab dich auch total vermisst!“ Lachend ging er mit Makkaroni im Flur zu Boden.
Frieda stieg mit einem großen Schritt über die beiden hinweg. „Was ist das für ein komischer Geruch hier?“
Maxe schnüffelte. „Ganz klar, Kinder-Pups.“
„Igitt!“, grunzte Frieda. „Ist Fabi noch nicht stubenrein?“
„Nee, Fabi ist gar nicht da, der schläft bei einem Freund. Das ist der Kleine aus Nummer drei, der

trägt noch Windeln. Jonas' Eltern sind beim Klassentreffen." Maxe schob Makkaroni zur Seite und sprang wieder auf die Füße. „Meine großen Brüder passen hin und wieder mal auf ihn auf. Weil Jonas' Eltern voll viel Kohle blechen. Nur damit meine Brüder dann mit Jonas vor der Glotze hocken und tonnenweise Zwiebelchips essen."
Frieda zog die Augenbrauen hoch. „Und was sagen deine Eltern dazu?"
„Nix, denn die sind ja nicht da. Jippie! Sturmfrei!", jubelte Maxe und schlitterte auf Socken ins Wohnzimmer.
Dort saßen seine beiden großen Brüder und sahen fern. Zwischen ihnen hing ein blond gelockter Junge im Schlafanzug.
„Hey, Leute, was geht ab?", rief Maxe.
Keiner reagierte. Chips knackten, Schüsse knallten.
Maxe seufzte. „Sollen wir mitgucken oder haben wir was Besseres vor?"
„Was Besseres vor", sagte Frieda schnell. „Ganz klar."
Maxe blickte aus dem Wohnzimmerfenster. Das Wetter war mal wieder frühlingshaft launisch.

Gerade klatschten dicke Regentropfen an die Scheibe.
„Es wird gleich dunkel“, gab er zu bedenken.
Doch Frieda packte ihn an der Schulter und zog ihn zurück in den Flur. „Wir suchen ihn.“
„Wen?“, fragte Maxe irritiert.
„Na, den Auftrag des Inspektors.“
„Gibt's denn einen?“
Frieda verdrehte die Augen. „Na klar gibt's einen. Hast du ihn nicht erkannt?“
Maxe kratzte sich am Kopf. „Nee, war's der mit dem Schnauzbart? Der war echt komisch, vor allem wie er Schnittlich genannt hat … Musterknabe!“
„Nein, es war natürlich der mit dem schwarzen Mantel und der Sonnenbrille! Da bin ich mir absolut sicher.“ Frieda spähte durch das kleine Fenster in der Eingangstür.
In Nachbar Müllers Garten stand ein überlaufender Mülleimer in der Einfahrt. Immer wieder flatterten weiße Taschentücher daraus hervor. Einige waren im japanischen Ziergarten gelandet und hingen wie Lametta von den Bäumen.

„Was geht denn mit dem ab?“, wunderte sich Frieda. „Wieso ist sein Garten so unordentlich? Ist er verreist?“
„Nein, er hat nur Schnupfen. Kommt aber seit einer Woche nicht mehr aus dem Bett.“ Maxe zuckte mit den Schultern. „Das sagt zumindest Mama, sie hat ihm einen Kuchen gebacken.“
Die beiden sahen aus dem Fenster und drückten sich die Nase platt.
Plötzlich klatschte ein weißes Taschentuch gegen die Scheibe.
„Igitt!“, kreischte Frieda und sprang zurück.
Selbst Maxe verzog das Gesicht. „Ist das gebraucht?“
„Ich denke schon“, quiekte seine Freundin.
Maxe studierte das Taschentuch ein wenig genauer. „Hm, ich sehe nix Gelbes, nur …“
„Oh, Maxe, jetzt echt?“ Frieda musste würgen.
„… rote Buchstaben!“, bemerkte Maxe.
Sofort war Frieda wieder neben ihm an der Scheibe. „Wusste ich's doch!“
Auch Maxe seufzte erleichtert. „Der nächste Auftrag!“

„Ich glaube, da steht so was wie …“, Frieda neigte den Kopf zur Seite, um die umgedrehte Botschaft zu entziffern, *„… legt dem Knasti das Handwerk, bevor das Klassentreffen …“*
„… zu Ende ist!“, rief Maxe.
„Knasti?“ Frieda runzelte die Stirn. „Handwerk?“
„Damit kann er doch eigentlich nur Schnauzbart meinen! Aber das mit dem Handwerk verstehe ich nicht. Ist der Klempner oder so?“
„Keine Ahnung, aber lass uns mal nach der

erforderlichen Ausrüstung schauen. Vielleicht hilft uns das weiter." Frieda öffnete die Haustür. Sofort klatschte ihr der Regen ins Gesicht. „Ich glaube, wir müssen auf der anderen Seite weiterlesen." Maxe und Makkaroni drückten sich an ihr vorbei nach draußen. Genau in dem Moment fuhr ein heftiger Wind durch die Bäume. Die Freunde zogen die Köpfe ein, als ihnen eine ganze Ladung Taschentücher durch die Hofeinfahrt entgegengeweht kam.

Frieda sprang kreischend zur Seite. „Igitt! Eins hat mich erwischt!“ Panisch ging sie hinter Maxe in Deckung. Was allerdings nicht wirklich funktionierte, schließlich war sie ein gutes Stück größer als er.
Ein Taschentuch blieb an ihrer Hand hängen und sie begann sich zu schütteln. „Bähhhhh, es hat mich erwischt, iiiiiiigitt!“
„Achtung, Müller-Popel!“ Maxe lachte laut auf. Makkaroni bellte fröhlich und hüpfte wie ein Flummi durch den Garten. Mit seinem Maul versuchte er die Taschentücher zu fangen. Kleine weiße Fetzen wirbelten in alle Richtungen. Gerade wollte Maxe nach dem Auftragstuch greifen, als der Wind es erfasste und durch die Luft wirbelte.
„Oh noooo!“ Hastig stürzte er hinterher, was Makkaroni begeistert in die Höhe springen ließ. Schwanzwedelnd schnappte er nach den umhersegelnden Taschentüchern.
„Oh nein, welches war es denn jetzt?“ Frieda drehte sich suchend im Kreis.
Maxe angelte sich eins der Tücher. „Das hier vielleicht?“

In roten Buchstaben leuchtete ihm ein Wort entgegen: *Taucherbrille.*

„Stopp!“, rief er und versuchte, das Taschentuch zu entfalten. „Hier steht noch was von … Kannst du das lesen?“

„Lass mal sehen!“ Frieda griff nach dem Papierfetzen – aber Makkaroni war schneller. Mit einem Happs verschwand er in seinem Maul.

„Neeeein!“, riefen die Freunde im Chor.

Makkaroni schluckte. Weg war das Taschentuch.

„Boah! Das Teil stank aber auch furchtbar nach Harzer Roller“, versuchte Maxe seinen käseverrückten Hundekumpel zu verteidigen. „Bei Käse stellt er einfach auf Fress-Autopilot. Da kann er nichts dafür.“

Frieda stampfte zurück ins Haus. „Egal. Hauptsache, wir kennen den Auftrag. Den Rest werden wir schon irgendwie hinbekommen.“ Während Maxe an ihr vorbei ins Haus trabte, blickte sie ein letztes Mal in den sturmgepeitschten Hof. „Immerhin ist diesmal klar, für was wir die Taucherbrille brauchen.“

Maxe grinste. „Zum Davonschwimmen?“

In diesem Moment ging das Geschrei los.
„Ich auch will fernsehen!“, heulte Jonas.
„Nein, wir wollen die dritte Staffel von *Outer Galaxy* anschauen!“, wetterte Julian.
„Ich Schweinchen sehen mag!“, schimpfte der Kleine zurück.
Maxe stöhnte. „Das geht jetzt so für den Rest des Abends.“
Frieda spähte hinüber zu ihrem Haus. „Vielleicht ist es dann an der Zeit, dass ich die Kurve kratze?“
„Ich kann ihn auch ins Bett bringen“, antwortete Maxe. „Da kommt er nicht raus. Ist ein Reisebett mit Gitterstäben.“
„Wo ist denn eigentlich eure eigene Babysitterin?“, wunderte sich Frieda. „Kommt die nicht normalerweise, wenn deine Eltern abends weggehen?“
Maxe nickte. „Ja, aber die ist auch beim Klassentreffen. Mama meinte, Julian und Marian kriegen das auch allein hin.“
Peng! Im Wohnzimmer schepperte es laut.
„Boah, ey! Bei dem Lärm versteht man überhaupt nichts mehr!“, meckerte Julian, und im nächsten Moment wurde der Fernseher lauter gestellt.

Frieda eilte ins Zimmer, Maxe und Makkaroni trabten hinterher. „Sie hat keine Geschwister", flüsterte Maxe seinem Hundekumpel zu. „Kein Wunder, dass ihre Nerven so schwach sind."
Kaum war Maxe im Wohnzimmer, rammte ihn etwas von der Seite. Fragend guckte er nach unten.
„Bei dir sein will!", heulte der kleine Jonas lautstark und klammerte sich an Maxes Bein.
Der versuchte ihn abzuschütteln. „Hey, nein, das ist nicht der Deal. Julian und Marian sind deine Babysitter."
Julian stand auf und verschwand in die Küche.
„Hey, Maxe, wie wär's mit einem neuen Deal?", fragte sein Bruder Marian und streckte sich genüsslich auf dem Sofa aus.
Maxe runzelte die Stirn, jetzt war er gespannt.
„Du passt auf Jonas auf, bis seine Eltern zurück sind. Dafür bekommst du die Hälfte unserer Ostereier. Was sagst du?" Marian schlug die Füße übereinander.
Maxe dachte nach. Eigentlich ein fairer Deal. Schließlich würde Jonas eh bald ins Bett müssen. Er würde ihn nur noch ins Reisebett befördern.

Frieda zupfte Maxe unsicher am Ärmel. „Bist du dir sicher, dass das so ein guter Deal ist? Wir wissen doch gar nicht, wie lange die Erwachsenen weg sind."
„Ach", Maxe wischte ihre Bedenken weg, „spätestens morgen früh sind sie wieder da." Mit Jonas am Bein humpelte er zum Sofa und hielt Marian die Hand hin. „Deal! Ich passe auf, bis die Erwachsenen zurück sind, dafür kriege ich die Hälfte eurer Oster-Ausbeute."
Marian grinste. „Deal!" Er schlug ein.

Mission: Das Klassentreffen 505.ZZZ.8/04

DIENSTAG, 05. APRIL

LBE:

1 Glas Wanzen
1 Stethoskop
2 Paar Super-Lauscher

7:00 UHR. MITTELHAUSEN. BERGWEG.

Das Klassentreffen ist in vollem Gange. Seit Stunden. Ich habe komplett das Zeitgefühl verloren. Haben wir schon morgen oder doch noch gestern?

Es wird geredet und geredet und noch mehr geredet. Aber egal, wie sehr ich meine Ohren auch spitze, bisher habe ich nichts belauscht, was wichtig erschien. Trotzdem werde ich das Gefühl nicht los, etwas zu übersehen oder zu überhören. Eins von beiden jedenfalls. Am besten, ich schaue mich mal anderweitig um. Die Kinder sind seit einer ganzen Weile allein. Aber solange Schnittlich unter meinem wachsamen Blick in der Schule verbleibt, sehe ich da kein Problem.

MfG
Insp. RR

Eltern weg! Oh Schreck!

Wäääääääääh! Maxe tastete nach seinem Wecker. Mit der flachen Hand schlug er auf die Micky-Maus-Ohren.

Doch das Gequake hörte nicht auf. Im Gegenteil, es wurde immer lauter. So laut, dass Maxe sich das Kissen auf die Ohren presste. „Oh Mann, ich bin noch sooo müde, Mama, ich will noch nicht aufstehen …“

Moment mal! Das Geräusch kam überhaupt nicht von seinem Wecker, sondern aus dem Flur – wo Jonas’ Reisebett stand.

Verschlafen setzte Maxe sich auf und blinzelte

durch den offenen Türschlitz. Und tatsächlich: Dort saß der Nachbarsjunge in seinem Kinderbett und heulte wie eine Sirene.

„Mama?", rief Maxe noch einmal.

Niemand antwortete. Nur Makkaroni, der neben dem Bett lag, schob sich grunzend die Pfoten über die Augen.

Seltsam. Normalerweise kam seine Mutter sofort herbeigestürmt, wenn jemand solch einen Lärm machte. Noch dazu am frühen Morgen. Sollte Jonas nicht so langsam mal abgeholt werden? Wo waren denn seine Eltern?

Maxe schwang die Beine aus dem Bett und lief in den Flur. „Wenn du aufhörst zu schreien, bekommst du einen von meinen Notfall-Schokoriegeln!"

Sofort verstummte das Quäken.

Maxe stieß erleichtert die Luft aus und flitzte zurück in sein Zimmer. Dort warf er sich auf den Bauch, um unter sein Bett zu robben. Er griff zwischen die Holzlatten und angelte einen seiner Lieblingsschokoriegel hervor.

Den hielt er Jonas vor die Nase. „Versprochen ist

versprochen, aber jetzt gehst du nach Hause zu deiner Mama."

Jonas riss den Mund auf und holte tief Luft.

„Wääääääh!", ging es sofort wieder los. „Okay, okay, ich suche deine Mama", beruhigte ihn Maxe. „Oder besser erst mal meine eigene." Schwungvoll stieß er die Schlafzimmertür seiner Eltern auf. Sein Blick fiel aufs Bett.

Er erstarrte.

Es war leer. Die Kissen lagen ordentlich auf der gebügelten Tagesdecke.

Nachdenklich schloss Maxe die Tür. Er sah den Flur hinunter, zu dem fetten „Betreten auf eigene Gefahr! Vorsicht vor dem bissigen Kind!"-Schild an der Tür seiner Zwillingsbrüder.

Maxe schluckte. Bisher hatte er diesen Warnhinweis nur ein einziges Mal missachtet und es sein gesamtes weiteres Leben bitter bereut.

Langsam hob er die Hand, um zu klopfen. Erst leise und dann etwas lauter. „Julian? Marian? Seid ihr da drin?"

Keine Antwort. Er legte das Ohr an die Tür.

Nichts. Maxe holte tief Luft. In Zeitlupe drückte er

die Klinke nach unten. Knarzend schwang die Tür auf.

Doch der Raum war leer.

Fast war Maxe erleichtert. „Puh, sie sind schon weg." Aber nur fast, denn das bedeutete, er war mit Jonas allein!

Panisch rannte Maxe zurück in sein Zimmer, um auf die Micky-Maus-Uhr zu schauen. „Oh nein!" Auch das noch – gerade als er gedacht hatte, der Morgen könne nicht schlimmer werden: Er war zu spät!

Genau in diesem Moment schepperte die Klingel. Das weckte nun auch Makkaroni, schwanzwedelnd trabte er aus dem Zimmer. Maxe packte kurzerhand seinen kleinen Nachbarsjungen samt Teddybär und schleifte ihn mit sich durch den Flur. „Frieda, bist du das?", rief er auf der Treppe nach unten.

Noch nie war er so froh gewesen, seine Freundin zu sehen. Fragend blickte sie ihm durch das kleine Türfenster entgegen.

Maxe riss die Haustür auf, während Jonas an seiner Hand wild zappelte.

„Ich will meine Mama!“, heulte der Nachbarsjunge wie eine Sirene.
„Euch auch einen guten Morgen!“, begrüßte sie Frieda und wuschelte Makkaroni durchs Fell.
Sofort scannten ihre Augen Maxes Aufmachung.
„Wieso bist du noch im Schlafanzug?“
„Meine Eltern sind nicht da.“
Diese Information schien Frieda zu überraschen.
„Echt jetzt?“ Sie warf einen Blick zurück über die Schulter. „Wenn ich’s mir genau überlege … meine Eltern habe ich heute Morgen auch noch nicht gesehen.“
Maxe und Frieda schauten sich an.
Jonas heulte: „Maaaaama!“
„Hab ich’s dir nicht gesagt?“ Frieda zog eine Augenbraue hoch. „Der Deal war schlecht, deine Brüder haben dich knallhart über den Tisch gezogen!“
Maxe hob die freie Hand. „Jaja, ich weiß. Ich hab’s kapiert. Aber die Frage ist, was tun wir jetzt?“
„Okay, lass uns mal kurz nachdenken. Wenn deine Eltern und meine Eltern nicht da sind …“

„Und seine Eltern!“, warf Maxe dazwischen und blickte zu Jonas hinunter.
Frieda nickte. „Dann könnte es allerdings etwas mit diesem Klassentreffen zu tun haben. Die ganze Sache stinkt doch wieder zum Himmel! Ich bin mir sicher, Schnittlich führt etwas im Schilde!“
„Und was machen wir jetzt?“, fragte Maxe und versuchte dabei, noch lauter zu schreien als Jonas. „Wir haben ja schließlich einen neuen Auftrag zu erfüllen!“
„Eins nach dem anderen.“ Nachdenklich kaute Frieda auf ihrer Lippe. „Zuerst sollten wir zur Schule gehen. Schließlich müssten wir da sowieso hin, und es ist der Ort, wo wir unsere Eltern zuletzt gesehen haben.“
Maxe nickte. „Das löst aber nur das Elternproblem. Wenn es überhaupt ein Problem ist!“
Frieda hob eine Augenbraue.
„Du weißt, was ich meine“, grinste Maxe. „Ohne Eltern ist auch mal schön.“
Jonas, der eben Luft geholt hatte, begann erneut zu schreien. Genervt stemmte Frieda die Hände in die Hüften. „Ach ja?“

„Na ja, meistens“, ruderte Maxe zurück. „Solange man keine kleinen Kinder an der Backe hat, will ich damit sagen.“ Er ließ Jonas los, der weinend seinen Teddy umklammerte. „Also, wie gehen wir den neuen Auftrag der BfLB an? Weißt du nicht, was das letzte Mal passiert ist, als wir den Inspektor einfach ignoriert haben?“

Seine Freundin seufzte. „Stimmt, aber die Schule ist trotzdem der richtige Ort, um mit den Recherchen zu beginnen. Vielleicht erfahren wir dort mehr. Schließlich laufen die Fäden immer bei einer Person zusammen …“

„Schnittlich!“, riefen die Freunde im Chor.

Maxe blies die Backen auf. „Also gut, dann ab zur Schule! Was machen wir mit ihm?“ Er deutete zu dem brüllenden Nachbarsjungen hinter sich.

Frieda zuckte die Schultern. „Mitnehmen?“

„Geht's noch? Wie sollen wir den mitnehmen? Der kann ja noch nicht mal so weit laufen!“

„Hat er denn keinen Buggy?“, fragte Frieda.

„Schon, aber wenn wir jetzt mit dem zur Schule laufen, kommen wir in jedem Fall zu spät. Wir müssen das Rad nehmen. Schnittlich tötet uns.“

Frieda kaute auf ihrer Unterlippe und blickte hinaus in den Hof. Dort stand wie immer das Garagentor offen. „Habt ihr keinen Fahrradanhänger?“

„Super Idee!“ Maxes Gesicht hellte sich auf. „Das ist die Lösung! Warte kurz …“ Er drückte Jonas’ Hand in Friedas und flitzte in den Keller, bevor sie protestieren konnte. Eilig streifte er sich ein paar zerknüllte Klamotten aus dem Wäschekorb über. Dann rannte er zurück nach oben.

„Wieso ziehst du dich im Keller um?“, fragte Frieda sofort.

„Da liegt schon alles bereit“, erwiderte Maxe.

„Aha, aber sind die Sachen da unten nicht zum Waschen?“

„Ist doch egal!“, grinste Maxe. „Sind doch noch topsauber!“ Er schnappte sich Jonas und hastete zur Garage, wo dessen Buggy parkte.

Ohne weiter auf das Gebrüll des Jungen zu achten, stopfte er ihn in den Wagen und rollte ihn zu seinem Fahrrad im Hof. Makkaroni sprang freudig um die beiden herum.

„Schon gut, Kumpel, gleich geht’s los“, beruhigte

ihn Maxe, während er den Bügel des Buggys unter den Gepäckträger klemmte. Jetzt balancierte Jonas' Wagen nur noch auf zwei Rädern und der Kleine lag kopfüber im Sitz. „Perfekt!", verkündete Maxe zufrieden.

Skeptisch begutachtete Frieda seine Konstruktion. „Na schön, aber wundere dich nicht, wenn ihm auf der Fahrt schlecht wird."

Doch Maxe lachte nur. „Ach was, so kleine Kinder halten ganz schön was aus! Im Auto fahren die doch auch immer rückwärts."

„Verstehe!" Frieda zuckte die Achseln. „Ich hol mal mein Rad."

Maxe beobachtete, wie sie die Straße überquerte und ein Fellknäuel über den Rasen geschossen kam.

„Knutschi!", rief Frieda erleichtert. „Da bist du ja endlich! Ich dachte schon, du bist auch auf dem Klassentreffen." Sie beugte sich hinunter, damit die Katze in ihre Tasche schlüpfen konnte. Knutschi miaute laut. „Keine Sorge, ich habe dich nicht vergessen!" Frieda streichelte ihr übers Köpfchen. Dann schwangen sich die Kinder in den Sattel und

düsten den Bergweg hinab – Makkaroni jagte mit wehenden Ohren hinter ihnen her.
Kaum rollten sie bergab, verstummten Jonas' Schreie. Auf einmal gluckste er vergnügt. „Jippie!", rief er begeistert. „Sneller! Sneller! Sneller, Propeller!"
Grinsend sauste Maxe um die Kurve.
„Hey, nicht so schnell!", mahnte Frieda. „Was, wenn uns ein Auto entgegenkommt?"
Maxe starrte angestrengt nach vorn. „Sieht nicht so aus." Er verdrehte den Hals in alle Richtungen. „Genau genommen sieht es nicht so aus, als sei überhaupt noch jemand in Mittelhausen unterwegs." Er wurde ein wenig langsamer.
Gerade näherten sich die Freunde dem Marktplatz im Zentrum der kleinen Ortschaft. Wie leer gefegt lag er vor ihnen. Ein paar Spatzen badeten im Springbrunnen, ansonsten war der Platz zwischen der kleinen Kirche und der Bäckerei Schlafenland wie ausgestorben.
„Ist um diese Zeit nicht immer Wochenmarkt?", fragte Frieda argwöhnisch.
Eine Zeitung wehte an ihrem Rad vorbei und

EHRWÜRDIG
SCHNITTLICH
GRUNDSCHU
MITTELHAUS

klatschte gegen die dunklen Scheiben der Bäckerei. Die Kinder steuerten direkt darauf zu.

„Vielleicht wurden die Uhren umgestellt und wir haben es nicht mitbekommen?“, mutmaßte Maxe.

„Ach Quatsch, das war doch gerade erst, so oft stellt man die Uhr nicht um“, brummte Frieda, den Blick auf die leere Auslage der Bäckerei gerichtet. „Seltsam.“

Weiter ging es über die kleine Brücke am Mittelbach.

Maxe nahm die Häuserzeile rechts und links des Wassers in Augenschein. Nichts rührte sich. Schulterzuckend trat er in die Pedale. „Was soll's, gleich sind wir da, dann werden wir mehr erfahren.“

Die letzten Meter gab er noch einmal ordentlich Gas. Jonas kreischte begeistert im Fahrtwind. Der Kinderwagen hüpfte auf und ab. Der Kleine lachte immer lauter. Als sie die Schule erreichten, war er bester Laune.

Maxe bremste ab und Jonas gluckste ein letztes Mal. „Von wegen, der kotzt!“, grinste Maxe und stieg

vom Sattel. Das letzte Stück bis zum von Stacheldraht umsäumten Schulhof schoben die Freunde die Räder.
Schon von Weitem erkannten sie den Schülerauflauf vor dem Tor.
„Wir sind nicht die Einzigen!“, rief Frieda erleichtert. „Die anderen Eltern scheinen auch noch beim Klassentreffen zu sein.“
„Maxxxe! Frieda! Ihr werdet esss kaum glauben!“ Pascal kam um die Ecke geschlittert und verstellte ihnen den Weg. „Meine Eltern sssind weg!“
„Oh Schreck!“, nuschelte Elinore verschlafen. Sie lehnte am Torpfosten und rührte sich nicht.
„Meine auch und alle, die in unserer Straße wohnen“, erklärte Maxe. „Deshalb musste ich ihn mitbringen.“ Er deutete zu Jonas, der lachend Makkaroni an den Ohren zog.
„Alle sind weg!“, heulte Suse, die neben Anton und Karl stand. „Seit sie zum Klassentreffen gegangen sind, hat sie keiner mehr gesehen.“
„Ich bin mir sicher, sie haben bloß die Zeit vergessen. Ihr wisst doch, wenn Erwachsene mal reden, dann dauert das Stunden!“, wusste Karl.

Anton nickte zustimmend. „Karl hat recht, da kann ich sogar das Wohnzimmer in eine Mondlandschaft für eine Alien-Invasion verwandeln, und keiner bekommt was mit. Vor allem nicht, wenn Mama mit ihrer Freundin telefoniert …“

„Klar, kein Grund zur Panik!“ Frieda drängelte sich durch die Kinderschar. „Ich bin mir sicher, unser Schulleiter kann die Sache aufklären.“

Sie lief über den Schulhof und die anderen folgten ihr aufgeregt. Schwungvoll zog sie an der Eingangstür – doch sie war abgeschlossen! Frieda hob die Faust und trommelte gegen das Hauptportal.

Sofort war Maxe zur Stelle. „Du musst das mehr so machen.“ Abwechselnd schlug er mit der rechten Faust, dann mit der linken Faust und dann mit den Füßen gegen das Tor. Einmal rammte er sogar seinen Popo dagegen. Es klang ein wenig, als würde er Schlagzeug spielen.

Frieda hob die Augenbrauen und grinste. „Das hat nun wirklich jeder gehört. Egal, ob er gerade auf dem Klo ist oder irgendwo im Klassenzimmer schnarcht.“

Doch Maxe trommelte fleißig weiter.
Karl verschränkte ungnädig die Arme.
„Was denn?“, rief Maxe. „Ich will nur absolut sichergehen, dass wir auch …“
Plötzlich wurde die Tür aufgerissen. Maxe stolperte nach vorne und Schnittlich direkt in die Arme. Gerade noch rechtzeitig legte er eine Vollbremsung hin.
„Maximilian Zack! Seit wann möchtest du denn so dringend in die Schule?“, knurrte der Schulleiter.
Maxe machte einen Schritt rückwärts. Wie immer, wenn Schnittlichs stahlgraue Augen ihn trafen, zog sich sein Magen zu einem festen Knoten zusammen. Er schluckte schwer. „Ich wollte nur, also, ich wollte … ähm …“
„Wo sind unsere Eltern?“, rief Frieda mutig. Wie immer machte Schnittlich wenig Eindruck auf sie.
Die Augen des Schulleiters wurden schmal. „Regel Nummer 3: Kinder, die sich unaufgefordert melden …“
„Sie sind gestern nicht nach Hause gekommen!“, unterbrach ihn Frieda prompt.
Langsam stieg dem Schulleiter die Röte ins

Gesicht. „Du unverschämte Göre, na warte!" Doch genauso schnell, wie ihn die Wut gepackt hatte, so schnell verließ sie ihn auch wieder. Stattdessen lächelte er auf einmal.
Maxes Herz sackte ihm in die Hose. Oh no, das hieß nichts Gutes!
„Eure Eltern sind beschäftigt. Aber so wie ich euch kenne, kommt ihr doch auch wunderbar ein paar Tage allein klar. Nicht wahr? Ist es nicht das, was ihr immer wolltet? Frei sein? Frei von allem, was euch … langweilt?"
Schlagartig war es still auf dem Schulhof.
„Wer braucht schon Erwachsene? Wer braucht schon Regeln, Disziplin und Ordnung, wenn es auch wunderbar ohne geht? Nicht wahr, Kinder?", säuselte der Schulleiter.
„Issst dasss jetzzzt eine Fangfrage?", meldete sich Pascal zu Wort.
Endlich erwachte Maxe wieder aus seiner Erstarrung. „Na klar, es geht auch ohne Eltern!" Er boxte mit der Faust in die Luft. „Sturmfrei, Leute!"
Ein paar Kinder stimmten mit ein, erst zögerlich, dann immer lauter.

Doch statt zu schimpfen, lachte Schnittlich bloß. „Niemand, der euch im Weg steht! Ihr habt die ganze Stadt für euch!“ Er rieb sich die Hände. Mittlerweile hörte ihm allerdings kaum noch jemand zu. Lachend tobten die Kinder über den Schulhof.

Selbst Karl von Streichzapf ließ sich von der Begeisterung ringsum anstecken. „Übernachtungsparty bei mir?“, rief er in die Menge.

Kurzzeitig war es wieder still – aber dann jubelten alle noch viel lauter!

Schnittlich war vergessen. Selbst Frieda hielt ihn nicht auf, als er sich diebisch grinsend in das Gebäude zurückzog. Dröhnend schlug die Tür hinter ihm zu.

Die Kinder stürmten auf ihren Klassensprecher zu. „Deine Partys sind die besten!“, quiekte Suse und tanzte mit Elinore auf der Stelle.

„Ich bin dabei!“, gluckste Felix. „Hicks!“ Vor lauter Aufregung hatte er Schluckauf bekommen.

Karl schlug sich mit der Hand gegen die Stirn. „Oh no, unser Butler ist heute Morgen nicht aufgetaucht!“

„War der auch mal auf der Schnittlich-Schule?“, fragte Anton.
Karl schüttelte den Kopf. „Nein, wenn meine Eltern ihn nicht brauchen, besucht er seine Verwandten in Schottland.“
„Keine heiße Schoki mit Marshmallow-Sahne?“, jammerte Suse.
„Nein“, gestand der Klassensprecher zerknirscht.
„Kein Problem!“, mischte sich Maxe ein. „Wir legen einfach unser Taschengeld zusammen und gehen in den Supermarkt. Und Schoki kochen, wie schwer kann das schon sein?“
Die Kinder nickten zustimmend.
„Maxe hat recht!“, kicherte Felix. „Wir brauchen keinen Butler.“
„Wir brauchen überhaupt niemanden!“, rief Frieda. „Wir werden es auch ohne unsere Eltern schaffen. Wäre ja wohl gelacht!“
Genau in diesem Moment fing jemand an, wie eine Sirene zu heulen.

Mission: Das Klassentreffen 505.ZZZ.8/05

DIENSTAG, 05. APRIL

LBE:

1 DNA-Scanner
1 Lupe
1 Fingerabdruck-Lesegerät

10:00 UHR. MITTELHAUSEN. MARKTPLATZ.

So ein verdammter Scheibenkleister! Das ist mir ja noch nie passiert. Jemand ist in die mobile Kommandozentrale eingebrochen! Dabei bin ich nur kurz weg gewesen, um einer Spur am Marktplatz zu folgen. Und nun steht der Schrank mit den Spezialmischungen offen! Was fehlt, kann ich noch nicht mit Sicherheit sagen, aber wahrscheinlich eine Packung BfLB-Spezialreiniger: der mit der extrastarken Schaumblasen-Leistung. Für Seifenblasen mit besonders harter Seifenmembran. Keine Ahnung, warum das jemand stehlen sollte.

MfG
Insp. RR

Supermarkt-Sause

Jonas!“, stöhnte Maxe. „Den hätte ich beinahe vergessen.“

Alle Schüler guckten nun auf das brüllende Kleinkind hinter Maxes Fahrrad. „Hunger ich hab!“, rief der Kleine. „Essen!“

„Ist das dein Bruder, Maxe?“, fragte Karl interessiert.

„Nee, ist er nicht!“, brummte Maxe. „Ich muss ihn aber babysitten, bis seine Eltern zurück sind.“

„Ich hasse kleine Kinder“, nörgelte Elinore und hielt sich die Ohren zu.

„Was haltet ihr davon, wenn Maxe und ich den

Einkauf übernehmen und wir uns dann alle bei Karl treffen?", schrie Frieda, um Jonas zu übertönen.
Ihre Mitschüler nickten erleichtert.
Karl trat an Jonas' Buggy heran. „Na, du süßer, kleiner …" *Schwups*, packte Jonas Karls Ohren. „Ich Hunger hab!", brüllte er ihm wütend ins Gesicht. „Huuuuuunger!!!"
Der Klassensprecher zuckte zurück. „Okay, okay …" Er griff in den Wagen und zog etwas unter dem Anschnallgurt hervor. „Hier, nimm den solange!" Ein angekauter Schnuller kam zum Vorschein und verschwand sofort in Jonas' Mund. Augenblicklich wurde es still.
Maxe nutzte den Moment, um sich zurück in den Fahrradsattel zu schwingen. „Also gut, dann mal los."
„Wir brauchen eine Einkaufsliste!", verkündete Frieda und radelte hinter ihm durchs Tor. Diesmal schlugen sie den Weg entlang des Mittelbachs ein, der direkt zum Supermarkt am Ortsrand führte.
„Ich will Chips und Gummibärchen und Salzstangen und Eiscreme und …"

Plötzlich tauchte eine umgekippte Mülltonne vor ihnen auf der Fahrbahn auf.
Abrupt riss Maxe den Lenker herum. „Oh wow, hier sieht es ja fast so schlimm aus wie in meinem Kinderzimmer!" Der Buggy schlingerte und Jonas klatschte begeistert in die Hände.
Frieda fuhr in einem großen Bogen um die Tonne. Auf einmal verdüsterte sich ihr Blick. „Schau doch, die ganze Straße ist zugemüllt!", rief sie. „Wer macht denn so was?"
„Ich war's jedenfalls nicht!", verteidigte sich Maxe prompt.
„Ich auch nich!", krakeelte Jonas von hinten.
Bis sie den Supermarkt erreichten, hatten sie ein gutes Dutzend verwüsteter Hauseingänge und Hofeinfahrten passiert.
Kaum bremsten die Freunde vor dem Fahrradständer ab, verschwand Makkaroni in einem der Müllhaufen am Straßenrand. Schwanzwedelnd schob er die Nase durch den Abfall.
„Igitt!", kommentierte Frieda. Angewidert marschierte sie an Makkaroni vorbei, hinüber zu den Einkaufswagen. „Hast du mal eine Münze für

den Wagen?“ Frieda kramte in ihren Taschen. „Ich finde meinen Geldbeutel nicht.“
Gerade wollte Maxe eine Münze einschieben, als ein älterer Junge auf sie zustürmte. „Halt, das geht nicht, die sind defekt!“, rief er aufgelöst. Er trug einen weißen Mantel, an dem ein Namensschild befestigt war. *Kevin-Alexander – Praktikant* stand dort in roten Buchstaben.
Frieda zog die Augenbrauen hoch. „Die sehen aber alle recht funktionstüchtig aus.“
Der Junge kniete sich auf den Boden. „Die sind aber festgekettet!“, jammerte er und rüttelte an einer Eisenkette. „Ich hab gestern erst angefangen. Heute Morgen sollte ich das Lager aufschließen, aber dann kam niemand. Ich bin total allein hier und weiß überhaupt nicht, was ich machen soll! Und wenn ich nicht gleich diese Dinger auseinanderbekomme …“ Kevin-Alexanders Unterlippe begann zu zittern.
Beschwichtigend klopfte ihm Maxe auf den Rücken. „Keine Sorge, Kumpel, wir kommen auch ohne Wagen klar. Wir haben Fahrräder und äh … ’nen Buggy.“

Kevin-Alexander schniefte. „Okay."
Während der Praktikant sich wieder an der Kette zu schaffen machte, stiefelte Maxe zurück zu Jonas. Er versuchte, den Bügel des Kinderwagens aus dem Gepäckträger zu ziehen, doch der bewegte sich nicht.
„Oh Mist, da hat sich was verhakt", stöhnte Maxe und stemmte sich mit seinem ganzen Gewicht gegen den Bügel.
„Kein Wunder!" Frieda kicherte. „So schnell, wie du um die Kurven gebrettert bist!"
„Sneller, Propeller!", rief Jonas gut gelaunt.
Ratlos beäugte Maxe den Fahrrad-Buggy. „Na schön, dann müssen wir eben damit einkaufen fahren." Er schwang sich in den Sattel.
„Hey, du willst doch nicht im Ernst mit dem Rad …?"
Doch da trat Maxe bereits in die Pedale. Er brauste auf die automatischen Glastüren des Supermarkts zu. Dabei wurde er immer schneller und schneller. Aber die Türen bewegten sich nicht. „Ohhhh no!", heulte Maxe, kniff die Augen zu und wartete auf den Aufprall.

Im letzten Moment glitten sie zur Seite – und Maxe samt Fahrrad und Buggy hindurch. Makkaroni bellte begeistert.
„Verrückter Hund!“, kommentierte Frieda.
Makkaroni bellte noch einmal.
„Nein, ich meine dein Herrchen!“
Der Labrador hüpfte fröhlich in Richtung Tür, wo Maxe winkend auf ihn wartete. „Los, kommt schon! Wir haben Hunger!“
„Ähm, ich glaube, Hunde sind da drinnen nicht erlaubt“, rief Frieda zurück. Aber da war Makkaroni schon zwischen den Paletten mit den Schokohasen und Nougateiern verschwunden.
Frieda zuckte die Achseln. „Na ja, was soll's. So viele Erwachsene, die mit doofen Regeln nerven, sind heute ja nicht unterwegs.“ Kichernd hüpfte sie nun selbst aufs Rad.
Etwas langsamer als Maxe rollte sie durch die Schiebetüren, hinein in den Supermarkt.
Gemeinsam düsten die Freunde durch die Obst- und Gemüseabteilung.
„Hier haben wir nichts verloren, was, Kumpel?“, lachte Maxe.

Im Vorbeifahren schnappte er sich ein paar Äpfel, fuhr freihändig weiter und jonglierte sie vor sich her. „Woooahhh!“ Prompt geriet er ins Schlingern und eierte um die Ecke. Direkt in den Gang mit den Backwaren. „Schon besser“, grinste Maxe mit Blick auf die Schokoglasuren, Vanillezucker und Glitzerstreusel.

Frieda verdrehte die Augen. „Das kann man doch nicht essen!“

„Wenn's sonst nichts mehr gibt ...“, rief Maxe und sauste in den nächsten Gang. „Echt krass, dass niemand außer uns hier ist. Oder warst du schon mal in einem total leeren Supermarkt?“

Frieda schüttelte den Kopf und klemmte sich eine Packung Cornflakes unter den Arm.

„Miau!“, machte ihre Katzenfreundin.

Frieda grinste. „Du bekommst natürlich den Rest Milch.“

Maxe und Makkaroni bedienten sich gerade ausgiebig bei den Käsechips, als nur wenige Meter vor ihnen unvermittelt ein Mann zwischen den Regalen hervortrat.

Fast hätte Maxe ihn umgemäht! Im letzten

Moment brachte er sein Fahrrad mit quietschenden Bremsen zum Stehen.

„Uff!“, keuchte er, halb über dem Lenker hängend. „Knappe Kiste.“

Der Mann funkelte die Kinder böse an. Obwohl es gar nicht kalt draußen war, hatte er einen dicken Schal um den Kopf gewickelt. Nur seine wütenden Augen blitzten noch darunter hervor. „Hey, geht's noch?!“ Er hatte einen riesigen Korb in der Hand, voll beladen mit Spülmittel. „Auch im Supermarkt gibt es so etwas wie Vorfahrtsregeln!“

Maxe runzelte die Stirn. „Äh, ’tschuldigung. Ich dachte, hier gäb’s keine … äh … anderen Leute.“

„Soso“, brummte der Mann, dann drehte er sich um und ließ die Kinder einfach stehen.

Frieda und Maxe tauschten einen Blick. Der Mann regte sich über Vorfahrtsregeln auf statt über ihre Fahrräder?

„Vielleicht ist er nicht von hier“, flüsterte Frieda. „Sonst wäre er doch beim Klassentreffen.“

„Mir kommt er aber schon irgendwie bekannt vor“, erwiderte Maxe.

Langsam fuhr er weiter und versuchte dabei, noch einmal einen Blick auf den seltsamen Mann zu erhaschen. Besonders auffällig wirkte der im Grunde nicht in seinen Jeans und dem blauen Pullover. Eher wie ein totaler Durchschnittstyp.
„Wir sollten unbedingt genügend Salzstangen und Kakao kaufen", rief Frieda und riss einen der Kühlschränke in der Frischeabteilung auf. „Ich hole die Milch." Sie griff nach ein paar Tüten. „Hol du den Rest, wir treffen uns an der Kasse."
Maxe hörte kaum zu. Noch immer grübelte er über den Mann nach. „Woher kenne ich den bloß?" Geistesabwesend stopfte er mehr Kaba und Salzstangen in die Taschen des Buggys, als sie jemals trinken oder essen konnten.
Jonas klatschte begeistert in die Hände. „Schoki! Schoki! Schoki", jubelte er.
Eine Reihe weiter blieb Maxe vor dem Regal mit den Windeln stehen. „Vielleicht noch ein paar von diesen hier?"
Der Kleine streckte ihm die Zunge raus. „Nicht brauchen ich! Schon groß sein."
Maxe zuckte die Achseln, kurvte um das letzte

Regal in der Reihe und steuerte die Kasse an. „Glaub mir, wenn du auf den Streichzapfschen Designer-Teppich pullerst, gibt's für dich keine Schoki mehr."
Eben kam der Praktikant mit verschwitztem Gesicht durch die Tür gehastet und ließ sich erschöpft auf den Kassenstuhl fallen. „Hab die Wagen losbekommen", informierte er Maxe stolz. „Das war wirklich nicht so einfach, aber ich habe es geschafft. Vielleicht werde ich ja jetzt befördert, also, wenn alle wieder da sind."
Maxe sah ihn verwirrt an. Doch da öffneten sich die Schiebetüren noch einmal und der Mann mit dem Schal schob einen vollgeladenen Einkaufswagen herein.
„Das Schloss hat geklemmt", fuhr der Praktikant fort und scannte Maxes Einkäufe.
Der seltsame Mann lenkte seinen Wagen an der Kasse vorbei – er hatte nur Spülmittel darin!
„Wieso braucht jemand so viel Spülmittel?", zischte Frieda.
Maxe kratzte sich am Kopf. „Vielleicht betreibt er eine Autowaschanlage?"

„Ich weiß wirklich nicht, wo die Kollegen bleiben! Eigentlich sollten sie um diese Zeit schon längst da sein, aber den Chef erreiche ich auch nicht …“, plapperte der Praktikant weiter, während der Mann im Gang mit den Haushaltsreinigern verschwand.

Frieda starrte ihm verblüfft hinterher.

„Klassentreffen“, nuschelte Maxe und verdrehte nun ebenfalls den Hals.

Aus dem Augenwinkel beobachtete er, wie der Kerl doch tatsächlich noch mehr Spülmittel in seinen Wagen lud! Anschließend fuhr der Mann weiter in den Gang mit den Hygieneartikeln.

„Was für ein Treffen?“ Der Praktikant scannte den letzten Milchkarton.

„Das Klassentreffen in der Schule! Seit gestern Abend sind alle dort. Alle Erwachsenen jedenfalls“, informierte ihn Frieda.

„In dieser gruseligen Schnittlich-Schule?“, hakte der Praktikant nach. „Das macht zwölf Euro vierundvierzig.“

Frieda legte ein paar Münzen aufs Fließband.

„Genau!“, rief Maxe und kramte ebenfalls sein

Taschengeld hervor. „Meine Eltern sind dort verschollen."

„Aha", sagte der Praktikant nur und kassierte.

In diesem Moment stellte sich der seltsame Mann hinter den Freunden an. Jetzt war sein Wagen noch voller beladen, mit Seife, Spülmittel und kleinen blauen Kugeln, die Maxe für Badeschaum hielt. Sein Schal war verrutscht, sodass Maxe etwas mehr von seinem Gesicht erkennen konnte. Er sah etwas Haariges hervorblitzen – vielleicht einen Bart? – und viele kleine Falten. So jung war er also nicht mehr.

„Sind Hunde im Supermarkt erlaubt?", fragte der Mann mit schneidender Stimme.

„Hallo?! Das ist nicht einfach ein Hund!", protestierte Maxe. „Das ist der liebste und klügste …"

„Wauwau!", quakte Jonas im Buggy.

Da schob ihn seine Freundin zurück in den Sattel.

„Lass uns verschwinden", zischte Frieda. „Der Typ ist mir nicht geheuer."

„Ich habe den schon mal gesehen!", wiederholte Maxe, trat aber in die Pedale und brauste hinter ihr aus dem Supermarkt.

Mission: Das Klassentreffen
505.ZZZ.8/06

DIENSTAG, 05. APRIL

LBE:

1 Drohne
1 Ultra-Fernsicht-Brille

11:00 UHR. MITTELHAUSEN. VILLA VON STREICHZAPF.

Die Kinder scheinen die Situation mal wieder nicht ernst zu nehmen. Und das nach dem Schlamassel vom letzten Mal! Nun gut, noch ist genügend Zeit, vorerst werden die Eltern von Schnittlich bei Laune gehalten. Das muss man dem Herrn Schulleiter ja lassen – einfallsreich ist er!

MfG
Insp. RR

Party bei Karl

Maxe gab Gas. Er hatte es nun wirklich eilig. Schließlich hatte er noch nicht mal gefrühstückt. Der Gedanke an all die leckeren Sachen in Jonas' Buggy verlieh ihm förmlich Flügel. In kürzester Zeit erreichten sie das imposante Eisentor zum Grundstück der Familie von Streichzapf.

Maxe blickte die Auffahrt hinauf, die sich in engen Kurven den Hügel hochschlängelte. Ein Mäuerchen säumte die Straße. Zwischen den Kurven befanden sich Pflanzenbeete, üppig begrünt mit Büschen und elegant geschnittenen Sträuchern.

Niemand war zu sehen.
Frieda betätigte die Klingel unter dem goldenen Schild, auf dem in verschnörkelten Buchstaben „Villa von Streichzapf“ stand.
Ungeduldig trippelte Maxe auf der Stelle. „Meinst du, ich könnte vielleicht schon mal einen ganz kleinen superwinzigen Bissen …?“
„Nein“, sagte Frieda streng.
Maxe öffnete den Mund, um zu protestieren, doch genau in dem Moment vernahmen die Freunde ein seltsames Geräusch. Ein Rattern, das schnell lauter wurde. Es schallte ihnen vom oberen Ende der Auffahrt entgegen.
Gespannt guckten sie den Hügel hinauf. Büsche wackelten, Äste knackten. Etwas bewegte sich in rasender Geschwindigkeit bergab. Allerdings nicht in Schlangenlinien die Straße entlang, sondern auf direktem Weg – schnurgerade durchs Gebüsch!
Frieda trat vorsichtshalber ein wenig vom Tor zurück. „Hörst du das auch?“, fragte sie Maxe argwöhnisch.
„Hab ja keine Tomaten auf den Ohren!“, antwortete Maxe, während er seine Nase

zwischen den Gitterstäben hindurchsteckte.
„Klingt fast wie …“
„Achtung! Achtung! Ich komme“, brüllte es durchs Geäst hinter dem Tor.
Im nächsten Moment teilte sich das Dickicht im Blumenbeet auf der anderen Seite.
Pascals knallrotes Gesicht kam zum Vorschein, die Augen weit aufgerissen, näherte er sich mit rasanter Geschwindigkeit der Mauerkante.
„Ahhh!“, schrie er noch mal, dann bretterte er aus dem Gebüsch heraus. Einen Moment schien er in der Luft zu schweben. Dann knallte er auf den Boden, mitsamt dem Skateboard, auf dem er saß. Doch er fiel nicht herunter, sondern schlingerte weiter die Auffahrt herab, die letzten Meter bis zum Tor.
„Uff!“, rief er erleichtert, als das Skateboard endlich zum Stehen kam. „Hi!“
Im selben Moment trampelten mehrere Paar Kinderfüße gleichzeitig die Straße herab. Kurve um Kurve rannten sie den Hügel herunter, bis sie endlich das Tor erreichten.
„Hey, alles klar, Mann?“, rief Karl lachend und ging

neben Pascal in die Knie. „Du warst ganz schön schnell!“ Er betätigte einen Schalter, und schon schwang das Eisentor surrend auf.
Felix kicherte. „Du solltest Stuntman werden, Pascal!“
Pascal winkte ab. „Pipileicht war dasss, nur die letzzzzte Kurve hab ich nicht bekommen. Da dachte ich, ich fahr einfach mal geradeausss weiter.“
„Ich fand das ganz schön gefährlich!“, heulte Suse. „Stell dir mal vor, du hättest ins Krankenhaus gemusst! Wir hätten nicht mal unsere Eltern anrufen können!“
Pascal sprang auf die Füße und riss die Hände hoch. „Ach wasss! Lasssst unsss feiern, wir haben sssturmfrei!“
Sogleich fielen alle Kinder mit ein. „Sturmfrei!“ Jubelnd warfen sie die Hände in die Luft, dann rannten sie gemeinsam zurück zum Haus.
„Darf ich jetzt? Darf ich?“, rief Anton Pascal zu, der noch immer das Skateboard hatte.
Maxe und Frieda sprangen auf ihre Räder und hechelten hinterher. Gar nicht so einfach, mit

einem voll beladenen Kinderwagen eine megasteile Auffahrt hochzufahren!
Maxe ächzte und Frieda hatte ihn im Nu abgehängt. „Nächstes Mal tauschen wir, dann ruhe ich mich im Buggy aus!“, erklärte er dem Kleinkind.
Stöhnend rollte Maxe schließlich auf den herrschaftlichen Platz vor Karls Villa, wo ein kleiner Springbrunnen munter plätscherte.
Ein Teil der Klasse war zurück ins Haus gestürmt, während Anton, Pascal und Felix sich noch immer darüber stritten, wer als Nächstes mit dem Skateboard die Auffahrt hinabbrausen durfte.
Maxe lugte zur offenen Haustür hinein. „Wow, das sieht ja fast so cool aus wie bei uns daheim!“ Begeistert sprang er vom Rad.
Bei seinem letzten Besuch hatte ihm noch der blanke Marmor entgegengefunkelt, nun konnte man keinen Millimeter Boden mehr erkennen. In der großen Eingangshalle der Villa von Streichzapf herrschte der Ausnahmezustand! Decken, Kissen und eine dicke Federmatratze versperrten die Tür, dahinter lagen allerlei Sportgeräte. Maxe erkannte

Tennisschläger, Rollschuhe, ein Golfbag sowie eine ganze Reihe Schlitten, in allen Formen und Farben.
„Ich auch Schlitten fahren will!“, kreischte Jonas aus vollem Hals. Er saß noch immer in seinem Buggy festgezurrt. „Da! Da!“ Vergnügt wackelte er mit seinen kurzen Beinchen.
Schwups, packte Jonas den Klassensprecher am Kragen. „Ich auch Schlitten fahren will!“
„Autsch! Ist ja schon gut!“ Hastig löste Karl Jonas' Gurt und hob ihn aus dem Wagen.
Maxe stöhnte. „Ich weiß nicht, ob das so eine gute Idee ist!“
„Wieso? Er will doch nur spielen.“ Karl knuffte Jonas verschwörerisch in die Seite.
„Ja, genau, das befürchte ich auch“, kicherte Frieda.
Karl stemmte die Hände in die Hüften. „Also, ich kenne mich super aus mit kleinen Kindern, meine Tanten haben ganz viele davon.“ Mit diesen Worten zwängte er sich hinter Jonas durch den Türspalt. „Man muss sie bloß im Auge behalten.“
Ungelenk überwand Karl die riesige Federmatratze und den Kissenberg.
Maxe und Frieda folgten ihm eilig.

Im Nu hatte sich Jonas einen superschnittigen Lenkschlitten geangelt – schwarz mit roten Feuerblitzen.
Maxe lachte. „Kleiner, der ist eindeutig 'ne Nummer zu groß für dich!"
Doch Jonas grinste nur, während er den Schlitten bereits hinter sich her die Treppe hinaufzerrte.
„Hey, warte mal kurz", rief Karl, der noch immer über die Kissenberge wankte, „der Schlitten ist wirklich schnell!"
Da erreichte Jonas auch schon den obersten Treppenabsatz. Vor Freude quietschend schwang er sich auf den Schlitten.
Karl stolperte vorwärts. „Nee, stopp, das ist keine gute Idee …"
„Kleinkind-Experte, soso!" Frieda beobachtete mit einem breiten Grinsen im Gesicht, wie Jonas startete. Schon sauste er in einem Affenzahn die Treppe hinunter. Bei jeder neuen Stufe hüpfte der Schlitten kurz in die Luft und Jonas' Zähne schlugen laut aufeinander. Nun raste er direkt auf Karl zu!
„Bahn frei, Kartoffelbrei!", brüllte Jonas.

„Eindeutig von deinen Brüdern verzogen“, bemerkte Frieda.

„Rette sich, wer kann!“, schrie Karl und tauchte mit einem gekonnten Sprung in den Federberg ab, wobei links und rechts die Kissen zur Seite flogen. Gut für Jonas, denn nun hatte er freie Fahrt auf dem glatten Marmorboden!

Kreischend rissen die anderen Kinder die Tür auf und flohen ins Freie.

Jonas wurde immer schneller.

So langsam machte sich selbst Maxe Sorgen. „Normalerweise muss er für so was einen Helm aufsetzen. Meinst du, ich kriege weniger von Marians und Julians Schokoeiern, wenn Jonas sich den Arm bricht?"
Frieda zog die Augenbrauen hoch. „Nicht nur das."
Makkaroni sprang bellend im Kreis.
„Schon kapiert." Eilig trat Maxe in Jonas' Schusslinie. „Jetzt reicht es aber!", sagte er streng.
Karl kroch aus den Kissen und pustete sich eine Feder aus dem Haar. „Hey, das ist mein Satz!"

„Bahn frei, Kartoffelbrei!“, brüllte Jonas ein letztes Mal.
Dann war er bei Maxe angekommen. Dieser reagierte blitzschnell, sprang auf den Schlitten auf und griff nach der Bremse.
Doch leider zu spät. Denn genau in diesem Moment hob der Schlitten ab. Er hatte den Treppenabsatz vor der riesigen Eingangstür erreicht und schoss nun im freien Flug durch die Luft.
Genau auf den Brunnen zu!
„Waaaahnsinn!“, kreischte Maxe begeistert.
„Jaaaa!“, quiekte Jonas glücklich.
Und dann krachte es.
Der Schlitten donnerte mit voller Wucht in die Fontäne. Maxe gelang es gerade noch, die Arme um Jonas zu schlingen, bevor der Schlitten vom Wasser erfasst und durch die Luft geschleudert wurde. Mit einem lauten *Platsch!* landeten die beiden im Brunnenbecken.
Jonas gluckste vor Freude. „Badewanne! Quietscheentchen!“
Makkaroni sauste jaulend auf die beiden zu. Mit

den Vorderpfoten sprang er auf den Brunnenrand und wedelte aufgeregt mit dem Schwanz. „Wuff!"
„Alles gut, Kumpel!", beruhigte Maxe seinen Hundefreund und rieb sich das Wasser aus dem Gesicht. „Hm … das riecht irgendwie wie Badewasser." Verwundert schnüffelte er an seinen Händen. „Ist da Parfüm drin oder so?"
Makkaroni senkte den Kopf und schleckte Maxe einmal übers Gesicht. Angewidert schüttelte der Labrador die flauschigen Ohren.
Gerade bremste Karl neben dem Brunnen ab, dicht gefolgt von Frieda und den übrigen Kindern. „Nein, da ist kein Parfüm drin. Höchstens Kalkfrei, aber das stinkt eher."
„Mensssch, Maxe, ssstarker Ssstunt!", rief Pascal und streckte ihm die Faust entgegen. Maxe sprang auf die Füße, um einzuschlagen, doch sofort rutschte er weg und fiel zurück ins Wasser.
Die Kinder lachten. Jonas klatschte übermütig in die Hände.
Maxe rappelte sich wieder hoch und verzog das Gesicht. Etwas klebte auf seiner Nase. Er verdrehte die Augen, um dieses Etwas besser zu sehen.

„Eine Seifenblase!“, stellte er fest und tippte sie an. Sofort machte es *Plopp* und kleine Glitzertropfen stoben durch die Luft.
„Oh, wie toll, da sind noch mehr!“, freute sich Suse.
Neugierig beugten sich die Kinder über den Brunnenrand.
Statt der Wasserfontäne sprudelten auf einmal nur noch Seifenblasen aus von Streichzapfs Hofbrunnen.
„Oh wow, wo kommen die denn auf einmal her?“, staunte Karl.
„Badewanne!“, gluckste Jonas und planschte durch den Brunnen. Mittlerweile trieb eine dicke Schicht Schaum auf dem Wasser. Übermütig versuchte der Kleine, eine besonders große Seifenblase zu fangen.
„Ist das ein toller Brunnen, so einen will ich auch“, schwärmte Suse, während sie entzückt an einer Handvoll Schaum schnupperte. „Rose, Veilchen und … hm … vielleicht Lavendel?“
„Ähm, bisher hat dieser Brunnen das nicht gemacht …“, warf Karl ein.

In dem Moment kam Anton aus dem Haus gelaufen. „Hey, Leute, ihr werdet es nicht glauben, aber Streichzapfs spülen ihr Klo mit rosarotem Badeschaum! Ist das nicht abgefahren?“

Die Klasse fuhr herum und gab somit den Blick auf den schäumenden Brunnen frei. Anton bremste. „Oh, der Brunnen macht das auch?!“

Frieda runzelte die Stirn. „Vielleicht eine versteckte Funktion, von der du bisher nichts wusstest, Karl?“

Der Klassensprecher zuckte die Achseln. „Keine Ahnung, bisher ist auch noch niemand mit einem Schlitten in den Brunnen gefahren.“ Skeptisch beäugte er den Schaum. Mittlerweile schwappte dieser schon über den steinernen Brunnenrand.

Die ersten rosa Schaumfetzen schwebten in Richtung Auffahrt. Schillernde Seifenblasen tanzten um die Köpfe der Kinder. *Peng!* Suse pikste kichernd mit dem Finger in eine Blase.

Auch Makkaroni hatte seinen Spaß und jagte dem Schaum wie besessen hinterher.

„Sag mal, Anton“, Karl kratzte sich verunsichert am Kinn, „in welchem Badezimmer warst du?“

„Ähm, na ja, hier unten im Klo.“

„Wir haben mehrere Badezimmer im Erdgeschoss", informierte ihn Karl und lief langsam in Richtung Hauseingang. „War es das mit der grünen Tapete oder das mit den weinroten Blümchenkacheln?"
Doch weit kam er nicht, denn schon im nächsten Augenblick wälzte sich eine Woge rosafarbenen Schaums die Treppe herab. Erschrocken blieb er stehen. „Oh nein, hier stimmt doch was nicht!"
Panisch sah er zu den anderen Kindern. „Habt ihr irgendwas mit unserem Wasser gemacht?"
Alle schüttelten ratlos die Köpfe.
Karls Augen wurden schmal. Er schaute zu Maxe. „Also, Maxe, das ist jetzt echt nicht mehr lustig!"
Maxe riss die Arme hoch. „Hey, ich hab nichts damit zu tun. Ganz ehrlich, ich war's nicht!"
Da tropfte ihm ein dicker Flatschen Schaum von oben auf den Kopf. Verwundert blickte Maxe hoch. „Ähm, Karl, ich glaube, das kommt aus allen Toiletten."

Mission: Das Klassentreffen 505.ZZZ.8/07

DIENSTAG, 05. APRIL

LBE:

1 Stemmeisen

11:25 UHR. MITTELHAUSEN. VILLA VON STREICHZAPF.

So, jetzt ist es also wieder so weit. Der Aktenschrank muss her. Es gibt keine andere Lösung für dieses Problem. Aber, Moment, was ist eigentlich das Problem? Wo kommt denn nun der ganze Schaum her? Fragen über Fragen, und nur eins ist sicher: Schnittlich hat etwas damit zu tun! Was er wohl diesmal bezweckt? So wahr ich Rasputin Rumpus heiße, ich werde es herausfinden!

MfG
Insp. RR

Zapfenstreich im Keller

Panisch schlitterte Karl durch den Schaum. Die Seife war einfach überall: auf den Kissen, der Treppe und sogar auf dem Kronleuchter!
Maxe, Makkaroni, Frieda und die anderen Kinder rutschten hinterher. Gerade glitt Maxe an der Treppe vorbei, als sein Blick an etwas in der Nische darunter hängen blieb. Abrupt blieb er stehen, sodass sein Hundekumpel in ihn reinrasselte. Einen Moment ruderte Maxe mit den Armen, dann fand er Halt an kaltem Metall.
„Steht der da schon wieder oder immer noch?“, fragte er Frieda leise.

Seine Freundin schaute sich verwundert um. „Du meinst den …"
„Aktenschrank!" Maxe klopfte auf den Kasten.
Der Schrank tauchte auf, wenn die Freunde in Schwierigkeiten steckten. In seinen Schubladen fanden sich immer hilfreiche Dinge, selbst wenn ihr Nutzen für die Kinder nicht immer gleich ersichtlich war.
Frieda stemmte die Arme in die Hüften. „Das heißt, wir sitzen in der Tinte."
Makkaroni bellte zustimmend.
„Im Schaum", verbesserte Maxe und sah an seinen Beinen hinunter, die bis zum Knie darin versanken.
Seine Freundin winkte ab. „Du weißt, wie ich das meine."
Maxe nickte ernst. „Ja, wir müssen den Kasten so schnell wie möglich öffnen, sonst sind wir geliefert."
Der Labrador schnappte nach einer Seifenblase. Ein lautes *Peng!* schallte durch die Halle. Die Freunde zuckten zusammen. „Pst, Makkaroni, den Schrank darf doch niemand sehen außer uns", erklärte Maxe seinem Hundekumpel.

„Vorschläge, wie wir ihn öffnen können?“, wisperte Frieda. „Wir sollten uns beeilen!“
Zwar waren die anderen Kinder in der Toilette verschwunden, doch ewig würden sie dort sicherlich nicht bleiben.
Verstohlen stopfte sich Maxe ein großes Stück Schokolade in den Mund, das er aus den Vorräten im Buggy gemopst hatte.
„Die ist für alle!“, ermahnte ihn Frieda.
„Brauche ich zum Denken.“ Er wischte sich die Hände an der Hose ab, wo schon jede Menge Schaum klebte. Nachdenklich klatschte er die Schaumhände gegen das Fach mit der Aufschrift LBE-O.
Es klingelte leise.
Frieda trat aufgeregt näher. „Ja, ich glaube, da tut sich was!“
Das Klingeln erstarb. Das Fach blieb zu.
Maxe runzelte die Stirn. „Hä?“
„Das ist neu. Normalerweise geht das Fach immer auf, wenn's erst mal gebimmelt hat“, wunderte sich Frieda.
„Vielleicht muss ich die Schaumhände länger drauf

liegen lassen?“, überlegte Maxe und versuchte es gleich noch mal.
Aber wieder bimmelte es nur ganz kurz.
Als Nächstes nahm Frieda eine Handvoll Schaum. Eine besonders große schillernde Seifenblase klebte an ihrem Handrücken. Sie schüttelte sie ab und die Blase schwebte in die Luft.
Sofort war Maxe zur Stelle. „Warte, ich hab eine Idee!“ Er füllte seine Backen mit extraviel Luft, dann blies er die Seifenblase vorsichtig vor sich her.
Langsam schwebte sie auf das Fach LBE-O zu.
„Gute Idee!“, lobte Frieda und half mit.
Abwechselnd pusteten sie von rechts und links.
Die Blase glitt auf das Fach zu. Und schließlich landete sie mit einem leisen *Plopp!* direkt darauf und zerbarst.
Wieder ertönte das Klingeln. Aber diesmal hielt es an. Es bimmelte und summte, bis das Fach endlich aufsprang.
„Yeah!“, jubelten die Freunde und stürzten sich auf den Schrank.
Maxe griff mit der Hand hinein und zog einen

langen Gegenstand aus Metall heraus. „Was ist das denn?“

„Ein Stemmeisen“, erklärte Frieda enttäuscht.

„Und was soll uns das bringen?“ Auch Maxe war ratlos.

Genau in diesem Moment kam der Rest der Klasse aus der Toilette gestürmt. Schnell ließ Maxe das Werkzeug hinter seinem Rücken verschwinden.

„Wir müssen das Wasser abstellen“, rief Karl, während er an Maxe vorbeieilte.

Zum Glück schien ihm der Aktenschrank nicht weiter aufzufallen. Zielstrebig flitzte er auf eine schmale Tür zu, die sich direkt daneben befand.

„Mir nach!“ Der Klassensprecher riss die Tür auf. Die anderen Kinder folgten ihm eine dunkle Treppe hinab.

Maxe und Frieda guckten ihnen verwundert hinterher.

„Die führt sicher in den Keller“, bemerkte Frieda. „Los, wir gehen mit.“

„Aber wieso will Karl denn das Wasser abstellen?“, fragte Maxe verwundert.

„Na ja, wahrscheinlich, um den Schaum zu

stoppen“, antwortete Frieda und schaltete ihre Handytaschenlampe ein. „Keine schlechte Idee.“
Vor ihnen tauchten die Umrisse ihrer Klassenkameraden auf.
„Mir ist es hier zu dunkel!“, heulte Suse durch die Finsternis.
„Mach doch mal das Licht an!“, beschwerte sich Anton. „Man kann überhaupt nichts sehen.“
„Ich weiß nicht, wo der Schalter ist“, brummte Karl verdrossen, während er mit den Händen die Wände abtastete. „Igitt, da war was!“ Er machte einen Satz zur Seite.
Im selben Moment erwachte eine einzelne Glühbirne zum Leben.
„Bessstimmt wimmelt esss hier unten nur ssso von Ssspinnen“, raunte Pascal mit Gruselstimme.
„Ich glaube, hier sind wir richtig“, sagte Frieda. Sie war vor einer Tür mit der Aufschrift „Heizungskeller“ stehen geblieben. „Bei uns ist der Heizungskeller auch der Ort, wo mein Papa im Winter das Wasser ausstellt, damit die Leitungen im Garten nicht einfrieren.“
Karl drängte sie wichtigtuerisch zur Seite. „Genau,

danach habe ich doch die ganze Zeit gesucht!"
Eilig öffnete er die Tür und schlüpfte in den Raum dahinter.
Diesmal fand er sofort den Lichtschalter.
„Perfekt!", murmelte er, wobei er auf ein großes Drehrad zusteuerte.
Die Kinder beobachteten gespannt, wie er sich gegen das Rad stemmte.
„Arrrg!", stöhnte Karl.
Doch nichts bewegte sich. Nun packten auch Frieda und Anton mit an, aber immer noch passierte nichts.
„Mist! Das hat sich irgendwie verhakt!", schimpfte Karl. „Wenn meine Eltern zurückkommen und alles im Badeschaum schwimmt, bin ich dran."
Maxe tat Karl fast ein wenig leid. Er kannte sich schließlich aus mit solchen Situationen.
Nachdenklich betrachtete er das Stemmeisen in seiner Hand. Und plötzlich hatte er einen Geistesblitz. „Hey, geht mal zur Seite, Leute, ich hab da eine Idee."
Mit einem schnellen Griff schob er das Stemmeisen durch das Drehrad, dann lehnte er sich mit

seinem gesamten Gewicht dagegen. Das Metall ächzte, aber dann sackte Maxe mitsamt dem Stemmeisen nach vorne. Makkaroni hüpfte begeistert auf der Stelle.
„Juhuuu!“, jubelte Karl. „Maxe, du bist genial.“
Gemeinsam schafften sie es, das Rad zu schließen.
„Uff!“ Karl wirbelte herum. „Los, lasst uns gucken, ob es jetzt aufgehört hat!“
„Manno, ich fand es eigentlich ganz lustig“, nuschelte Elinore hinter ihren Haaren hervor, während sie den anderen Kindern die Treppe hinauf nach oben folgte.
Die Kinder schauten hinaus zum Brunnen, der aufgehört hatte zu plätschern. Auch aus den anderen Wasserhähnen kam kein Wasser mehr, sodass kein neuer Schaum mehr nachfließen konnte.
Erleichtert sank Karl auf die große Treppe in der Eingangshalle. „Das wäre geschafft.“
Maxe rutschte durch den Schaum, wobei er über ein altes Paar Schlittschuhe stolperte. „Kann man mit Schlittschuhen auch auf Seife fahren?“, überlegte er laut.

„Das gibt Kratzer auf dem Marmor!“, belehrte ihn Karl. „Es reicht, dass der Kleine schon den halben Boden mit dem Schlitten zerstört hat.“
Maxe riss die Augen auf. „Jonas!“, quiekte er panisch.
„Ja, genau der!“ Karl verschränkte die Arme. „Ich hoffe, seine Eltern haben eine gute Haftpflichtversicherung.“
„Wo war er denn zuletzt?“, fragte Frieda atemlos.
Maxe raufte sich die Haare. „Keine Ahnung. Draußen vielleicht?“ In Gedanken sah er seine Osterbeute bereits schwinden.
Die Freunde eilten zur Tür.
„Jonas?“, schrie Maxe und Makkaroni bellte laut.
Erst da verstand Karl, was los war. „Ich sagte doch, man muss die Kleinen im Auge behalten!“
Sofort war die ganze Klasse draußen. „Oh weh, der arme Kleine!“, jammerte Suse und blickte hinter einen Blumenkübel.
„Jonas?“, brüllten Maxe und Frieda.
„Joooonaaaas?“
Makkaroni hielt jaulend die Nase in den Wind.
Jetzt kam auch Knutschi aus Friedas Tasche

gesprungen und stolzierte ihrem Hundefreund mit hoch erhobenem Schwanz hinterher.
„Superhund! Gute Idee, such Jonas, such den kleinen Stinker!“, feuerte ihn Maxe an.
Schon hüpfte sein Kumpel die Einfahrt hinab, Knutschi blieb ihm dicht auf den Fersen.
Auch die Kinder rannten los. Plötzlich machte Frieda eine Vollbremsung. „Schaut euch das an!“, keuchte sie fassungslos und deutete mit dem Finger in die Ferne.
Mit offenem Mund starrten die Kinder auf den Ort hinab.
Maxe schnappte nach Luft. „Abgefahren!“
Über den Dächern von Mittelhausen schwebten riesige Seifenblasen, so weit das Auge reichte. Bunt schillerten sie im strahlenden Sonnenschein.
„Oh nein, nein, nein!“, heulte Karl lautstark. „Noch mehr Seife! Sie ist überall!“
„Das ist wunderschön“, flüsterte Suse glücklich.
„Das ist eine Katastrophe!“, rief Karl empört. „So viel Seife ist schädlich für die Umwelt! Wir müssen den Schaum aufhalten, bevor er in den Mittelbach weht.“

„Aber wieso denn? Er sieht doch wirklich hübsch aus!", stimmte Elinore Suse zu.
„Sicherlich ist Jonas den Seifenblasen gefolgt", überlegte Maxe und flitzte schnell weiter.
„Die Seife muss in allen Wasserleitungen der Stadt sein, wenn so viel Schaum herumschwirrt", erklärte Karl im Dauerlauf.
Die Klasse stürmte durchs Tor am Fuße des Anwesens, hinaus auf die Straße.
„Es scheint, als würden die Blasen aus der

Ortsmitte aufsteigen“, bemerkte Frieda. „Vom Marktplatz.“

„Wir müssen den Schaum sofort abstellen!“, verkündete der Klassensprecher und eilte voraus.

„Hm … vielleicht ist Jonas ja auch dort unten?!“ Maxe trabte Karl hinterher.

Zum Glück war es nicht weit bis zum Zentrum der kleinen Ortschaft. Unterwegs begegneten sie kaum einer Menschenseele. Noch immer war Mittelhausen wie ausgestorben. Je näher

sie dem Marktplatz kamen, umso mehr Seifenblasen wehten ihnen entgegen. Von Jonas allerdings fehlte noch immer jede Spur.
Schon hatte die Klasse den Zebrastreifen an der großen Kreuzung erreicht und lief eilig über die Straße.

Mission: Das Klassentreffen 505.ZZZ.8/08

DIENSTAG, 05. APRIL

LBE:

24 Wischmopps
12 Putzlappen
2 Rollen Zebra-Wischmichweg

12:01 UHR. MITTELHAUSEN. MITTELBACH.

Es besteht kein Zweifel mehr – meine Spezialseife wurde gestohlen und zweckentfremdet! Die Folgen sind verheerend. Jemand hat systematisch alle Wasserhähne aufgedreht. In allen Duschen, Spülen und Klos. Und nun haben wir den Salat, also den Schaum. Es ist eine Katastrophe! Ich will mir gar nicht vorstellen, was mithilfe unserer Spezialseife noch alles passieren könnte.

MfG
Insp. RR

Knutschi hebt ab

Das gibt's doch nicht!", brummte Maxe. Denn der Platz war leer. Ein paar Wolken schoben sich vor die Sonne und ein kalter Wind fegte plötzlich über den Markt. Unzählige Seifenblasen stoben den Kindern entgegen und umtanzten ihre kleine Gruppe.

„Da drüben! Ich glaube, sie kommen aus dem Bach", rief Frieda und wich ein paar besonders großen Seifenblasen aus.

Karl holte sie ein. „Mir gefällt das nicht!", murmelte er vor sich hin. „Seife gehört nicht in die Natur!"

Eben erreichten sie die schmale Dorfbrücke, die über den Mittelbach führte. Eine fluffige weiße Schaumschicht bedeckte das Wasser, wälzte sich weiter stromaufwärts aus dem Tunnel heraus und trieb langsam in Richtung Stadtrand.

„Wir müssen den Schaum stoppen!", heulte Karl. Mittlerweile war er so panisch, dass sich seine Stimme beim Reden überschlug.

„Ach Kumpel, entspann dich! Bis unsere Eltern wieder auf freiem Fuß sind, ist der Spuk vorbei. Irgendwann ist die Seife alle und das Zeug aus der Stadt gespült!", grinste Anton unbekümmert.

„Maxe!", hörten sie in diesem Moment ein helles Stimmchen rufen.

„Das klang wie Jonas!" Schon rannte Maxe los, Makkaroni sprang laut bellend hinterher.

Frieda und Knutschi folgten ihnen, wobei die Katze im Vorbeihüpfen so viele Seifenblasen zum Platzen brachte, wie sie mit ihren Tatzen erwischen konnte.

Plopp! Plopp! Plopp!, tönte es durch die verlassenen Gassen.

„Jonas!", brüllten Frieda und Maxe im Chor.

Und endlich tauchte der Kleine auf!
Doch was war das?!
Maxe traute seinen Augen kaum. „Abgefahren!“, platzte er lachend hervor.
Auch Frieda und die übrigen Kinder begannen zu kichern.
Denn Jonas’ kleine Gestalt war vollkommen eingehüllt von einer riesigen schillernden Seifenblase!
Der Kleine klatschte in die Hände und gluckste vor Freude. „Seifenblase!“, juchzte er begeistert.
Gleichzeitig schoss Knutschi auf ihn zu. Mit ausgefahrenen Krallen nahm sie die Seifenblase in die Zange. Und *Plopp!*, platzte sie. Jonas war nun wieder frei!
Doch anstatt in Tausende kleine Glitzerfetzen zu zerstäuben, hatte sich die Monsterblase nun zweigeteilt.
„Miauuu!“, beschwerte sich Knutschi – denn zu ihrer Überraschung befand sie sich nun selbst in einer der kleineren Blasen.
Frieda musste kichern. „Das hast du davon, Knutschi!“

Im selben Moment kam Wind auf, erfasste die Seifenblasen und wirbelte sie hoch in die Luft. Ebenso die Blase mit Knutschkugel darin!
Frieda kreischte entsetzt. „Knutschi! Du musst da raus!“
Doch die Katze war vollkommen gelähmt vor Schreck.
Maxe reagierte blitzartig. Er schlitterte über das rutschige Kopfsteinpflaster, der Katzen-Seifenblase hinterher. Fast hatte er Knutschkugel erreicht. Abermals fegte eine heftige Windböe um die Häuserecke, packte die Seifenblase und schleuderte Knutschkugel durch die Luft.
Da endlich erwachte sie aus ihrer Starre. Friedas Katze fauchte laut und fuhr die Krallen aus.
Peng! Ein lauter Knall ertönte und Knutschkugel war frei. Allerdings befand sie sich nun auch im freien Fall!
„Nein!“, schrie Frieda erschrocken.
Maxe fackelte nicht lange und katapultierte sich vorwärts. Während Knutschi einen Salto nach dem anderen vollführte, schoss Maxe auf sie zu. Mit

ausgestreckten Armen bewahrte er sie im letzten Moment vor dem Aufprall.

„Hab dich!“, rief er und drückte seine Katzenfreundin an sich. Dann landete er krachend auf dem Pflaster. „Ufff!“

Empört kreischte Knutschkugel auf. Mit der Pfote zog sie ihm eins über.

„Hallo? Sieht so etwa Dankbarkeit aus?“ Maxe schüttelte den Kopf, wobei er sich ein Grinsen nicht ganz verkneifen konnte.

Sofort waren die anderen Kinder bei ihm. Frieda und Karl hatten Jonas zwischen sich.

„Katzen landen immer auf den Pfoten, auch wenn sie aus mehreren Metern Höhe fallen“, erklärte Karl besserwisserisch. „Du hättest die arme Knutschi fast erdrückt! Kein Wunder, dass sie dir eins übergebraten hat.“

Maxe lachte und gab Knutschkugel frei. „Na ja, ich wollte es nicht drauf ankommen lassen, sonst hätte mir Frieda sicher eins übergebraten.“

Die Kinder lachten erleichtert.

Nur Karl blieb ernst. „Schaut euch das an!“, jammerte er. „Die Seife ist überall.“

„Jemand muss sie in den Fluss gekippt haben", nuschelte Elinore zwischen ihren Haaren hervor.
Plötzlich schlug Frieda sich an den Kopf. „Der Kerl aus dem Supermarkt!", stöhnte sie. Ihr Blick durchbohrte Maxe. „Kannst du dich nicht erinnern? Heute Morgen, als wir die Sachen für unsere Party gekauft haben, da war doch dieser Mann mit den ganzen Seifen und Spülmitteln im Wagen."
Maxes Augen weiteten sich. „Du hast recht! Nur er kann es gewesen sein! Niemand sonst hat so viel Seife."
Karl runzelte die Stirn. „Aber wieso sollte jemand so etwas tun? Wenn der Schaum sich weiter ausbreitet, dann wird er zur Gefahr – nicht nur für Mittelhausen, sondern vor allem für die Tiere und Pflanzen vor den Toren der Stadt." Er deutete zum Mittelbach. „Irgendwann erreicht dieser Schaumberg den Ortsrand. Von da ist es nur noch ein kurzes Stück durch die Felder, bevor er in den Wald gelangt …"
Ratlos sahen die Kinder sich an.
Frieda lief grübelnd hin und her. „Wir müssen die

Quelle finden. Genau wie die Villa von Streichzapf muss die Stadt eine zentrale Wasserzufuhr haben. Wenn wir diese schließen …"
„… dann können wir den Schaum stoppen", schloss Karl hoffnungsvoll.
„Aber wo ist das Drehrad von Mittelhausen?", flüsterte Suse verängstigt. „Auch in einem dunklen Keller?"
Pascal nickte. „Wahrssscheinlich."
„Was ist mit dem Mühlteich? Dem Staudamm? Könnten wir dort die Wasserzufuhr sperren?", schaltete sich der Klassensprecher wieder ein.
„Super Idee!" Maxe war bereits Feuer und Flamme. Er packte Jonas an der Hand und zog ihn hinter sich her, den Mittelbach hinauf. Auch die restlichen Kinder setzten sich wieder in Bewegung. Doch weit kam die Klasse nicht. Schon nach der ersten Biegung rutschte Maxe aus und riss Jonas mit sich. Während der Kleine im Schaum untertauchte, donnerte Maxe mit vollem Karacho gegen eine umgekippte Mülltonne. Es schepperte. Unter den Schaumbergen lugte der Müll hervor. Interessiert angelte Maxe nach einer kaputten

Plastik-Gießkanne zwischen seinen Beinen. „Oh, darüber bin ich also gefallen."

„Gießkanne!", rief Jonas und streckte seine Hände danach aus.

„Diese Sauerei war schon vorhin hier!", erinnerte sich Frieda und konnte gerade noch abbremsen, bevor es ihr ähnlich erging wie Maxe und Jonas. Deutlich langsamer stakste sie weiter. „Ich glaube nicht, dass der Schaum nur aus dem Mittelbach kommt", überlegte sie laut. „Bei Karl war er auch im Springbrunnen und in den Toiletten." Sie zeigte auf das Haus, zu dem die Mülltonne gehörte. „Seht nur!"

Maxe wischte sich die Seife aus den Augen. „Du sagst es!"

Schaum lief aus einem der Fenster im Obergeschoss und plätscherte auf den Gehweg direkt vor ihnen.

Eben wollte er sich hochrappeln, als Elinore um die Hausecke geschlichen kam. Müde wie immer, taperte sie in den Schaumwasserfall. Prompt verlor sie den Halt.

Und dann ging die Post ab: Mit mehr Schwung,

als Maxe ihr zugetraut hätte, sauste seine Mitschülerin vorwärts. Dabei mähte sie erst Suse, dann Karl und schließlich auch noch Felix über den Haufen. Makkaroni sprang fröhlich hinterher.
Frieda tapste vorsichtig näher und versuchte, Elinore auf die Füße zu helfen. Aber dann rutschte sie selbst aus und klatschte neben Maxe.
Amüsiert blies sie sich eine Haarsträhne voller Schaum aus dem Gesicht. „Ich glaube, so kommen wir nicht weiter."
Zustimmendes Miauen drang aus ihrer Jacke, wo Knutschi Zuflucht gesucht hatte.
Maxe grinste breit. „Wir könnten einfach *weiterrutschen?*", schlug er hoffungsvoll vor. Makkaroni hüpfte begeistert um ihn herum. Auch er fiel immer wieder auf die Nase, doch das störte Maxes Hundekumpel wenig.
Maxe packte das Geländer am Ufer des Mittelbachs und zog sich daran hoch. Dabei fiel sein Blick ins Flussbett. Auch hier türmte sich der Schaum. Allerdings nicht genug, um den glänzenden alten Metallkasten zu verbergen, der dort seitlich gegen die Stützmauer lehnte.

„Frieda, ich muss uns mal schnell aus der Patsche helfen. Bin gleich wieder da!“ Maxe zwinkerte seiner besten Freundin verschwörerisch zu und sprang übers Geländer.
Dann ließ er sich hinab in den Schaum fallen. Jetzt reichte er ihm schon bis zum Bauch. Trotzdem arbeitete Maxe sich schnell zum Aktenschrank vor. Er tastete die mittleren Fächer ab. Doch kein Klingeln ertönte.
Maxe schaute sich um. Was konnte ihm wohl diesmal helfen, den Schrank zu öffnen?
Er probierte es mit Klatschen und Pfeifen, anschließend mit Singen. „Hänschen klein ging allein in die weite Welt …“ Plötzlich tippte ihm jemand von oben auf den Kopf.
„Versuch es mal damit!“, hörte er Frieda zischen. Er blickte hoch, und seine Freundin hielt ihm die Gießkanne hin, über die er gefallen war. Schulterzuckend nahm er sie entgegen. „Da bin ich aber gespannt.“ Durch die Öffnung unter dem zersplitterten Henkel spähte er in ihr Inneres. „Da ist sogar noch etwas Wasser drin …“ Ohne lange zu zögern, kippte er es über die Fächer.

Sofort erklang das ersehnte Bimmeln.
„Bingo!“, rief Maxe und rutschte ein paar Schritte zurück.
Schon flog ihm eine der oberen Schubladen entgegen.
Über ihm schob Frieda den Kopf zwischen den Geländerstangen hindurch. „Schaut gut aus!“, murmelte sie und griff von oben in die Schublade. Kurz darauf hielt sie eine Spülbürste in der Hand. „Oh“, machte sie verdutzt.
Maxe seufzte. „War ja zu erwarten.“ Er klopfte auf den alten Kasten. „Wäre ja auch langweilig, wenn wir sofort wüssten, wozu wir deine Gaben brauchen.“ Auch er holte eine Ladung Spülbürsten aus der Schublade.

Verwundert betrachtete Maxe seine Beute. Die Bürsten wirkten ziemlich altertümlich. Sie waren fast so lang wie sein Unterarm und hatten auf der einen Seite eine große Schlaufe, auf der anderen störrische hellbraune Borsten. Offensichtlich würden sie ziemlich viele von diesen Spülbürsten benötigen, denn die große, tiefe Schublade war voll davon.

Maxe kletterte zurück auf den Uferweg, wo er zusammen mit Frieda die restlichen Bürsten aus dem Schrank holte.

Zum Glück bekamen ihre Klassenkameraden und Jonas nicht viel davon mit.

Sie waren damit beschäftigt, sich eine wilde Seifenschlacht zu liefern.
„Nimm das!“, schrie Elinore und feuerte eine Handvoll Schaum in Karls Richtung.
Der duckte sich und ging hinter der gelben Mülltonne – die kaum noch zu sehen war – in Deckung.
Maxe steckte eine Hand in die Spülbürsten-Schlaufe und schrubbte probehalber Makkaronis Fell. „Endlich wirst du mal sauber, Kumpel!“ Der Hund schüttelte sich, Schaum spritzte in alle Richtungen.
„Bäh! Das ist unfair!“, kreischte Anton und wischte die Seife von seiner Brille.
„Mit solchen Dingern schrubbt meine Oma immer unsere Backstube“, bemerkte Elinore. Sie schlüpfte mit dem Fuß in eine der Bürsten-Schlaufen. „Man kann damit sogar Schlittschuh laufen.“ Schon hatte sie die nächste Bürste unter den Schuh geschnallt.
Mit offenen Mündern beobachteten Maxe und Frieda, wie sich Elinore in Zeitlupe aufrichtete, um dann noch langsamer vorwärtszugleiten. Sie schwankte, aber sie kam erstaunlich gut voran.

„Abgefahren!“, rief Maxe. „Das will ich auch probieren!“ Blitzschnell hatte er seine Füße durch die Schlaufen gesteckt.
Zuerst musste er ziemlich mit den Armen rudern, um überhaupt das Gleichgewicht zu halten. Doch es dauerte nicht lange und er sauste übers Kopfsteinpflaster, als hätte er nie etwas anderes gemacht.
Frieda und Jonas klatschten begeistert.
„Ich auch machen will!“, brüllte der Kleine und versuchte, eine Spülbürste zu packen.
Maxe bremste ab. „Los, Leute, schnappt euch alle ein paar Bürsten, dann geht's weiter!“
Gesagt, getan, schon schlitterte die Klasse durch Mittelhausen.

Mission: Das Klassentreffen
505.ZZZ.8/09

DIENSTAG, 05. APRIL

LBE:

1 Regenschirm
1 Hula-Hoop-Reifen

12:41 UHR. MITTELHAUSEN. RATHAUS.

Erste Regel der Langeweilebekämpfung: Arbeite mit dem, was dir gerade zur Verfügung steht. Egal, was es ist. Das wäre im jetzigen Falle sehr, sehr viel Seife. Seife mit Spezial-Wirkung.

MfG
Insp. RR

Guter Rat ist teuer

Die Klasse pflügte durch den Schaum. Maxe und Frieda hatten Jonas an die Hand genommen. Der Kleine hatte beide Füße in eine Spülbürste geklemmt und glitt wie auf einem Snowboard über die rutschigen Straßen.

Mit den Bürsten unter den Schuhen kamen die Kinder schnell vorwärts. Allerdings wirbelten sie beim Laufen so viele Seifenblasen auf, dass sie kaum noch erkennen konnten, wo sie waren.

„Rechts!“, rief Karl und schlitterte um die Ecke, am Rathaus von Mittelhausen vorbei.

Pascal machte eine Vollbremsung. So plötzlich,

dass Maxe um ein Haar in ihn hineingebrettert wäre.
„Kumpel, was ist los?“, wunderte sich Maxe. Doch im selben Moment sah er es: Mitten über der Straße schwebte eine Zeitung. Eingehüllt in eine grünblau schimmernde Seifenblase.
„Das gibt’s doch nicht!“, rief Frieda. Mit offenem Mund drehte sie sich um die eigene Achse. Denn immer mehr Gegenstände begannen abzuheben. Erst nur sehr kleine Dinge – hier eine Bananenschale, dort der Rest eines angebissenen Brötchens. Dann folgten auch größere Sachen. Direkt neben Maxe schwebte plötzlich ein Einkaufskorb über den Zebrastreifen, dahinter ein prall gefüllter gelber Müllsack.
Maxe traute seinen Augen kaum. „Das ist …“
„… total abgefahren!“, ergänzte Karl.
Eine Weile lang beobachteten die Kinder einfach nur das Spektakel ringsum. Das erste schillernde Flugobjekt näherte sich einer großen Kastanie. In voller Blüte streckte sie ihre langen Äste in den Himmel. Die Seifenblase blieb daran hängen und zerbarst mit einem lauten *Plopp!*

RATHAUS
ZEITUNG

Erschrocken zog die Klasse die Köpfe ein. Glücklicherweise handelte es sich aber nur um die Zeitung, die nun wieder nach unten segelte.
„Oh no!“, stöhnte Karl mit einem Mal.
Inzwischen trieb nämlich der Müllsack auf die Zweige zu. *Plopp!*, platzte die Blase, der Sack knallte auf den Bordstein und riss auf.
„Igitt! Was für eine Sauerei!“, quiekte Frieda.
Doch der Spuk war noch lange nicht zu Ende! Alles, was nicht niet- und nagelfest war, wurde von den Seifenblasen davongetragen, bis diese irgendwo anstießen und alles wieder zu Boden fiel.
Das Chaos war perfekt!
„Hier sieht’s ja noch schlimmer aus als im Zimmer meiner Brüder!“, rief Maxe, ohne so recht zu wissen, ob er das nun gut oder schlecht finden sollte.
Klar, ein wenig Chaos machte das Leben eindeutig spannender. Aber so viel Dreck, mitten in der Stadt? Selbst bei Maxe daheim drohte früher oder später Fernsehverbot, wenn das Chaos überhandnahm. Was also würde passieren, wenn die Eltern

vom Klassentreffen zurückkamen und diesen Sauhaufen entdeckten?

„Das wird dem Bürgermeister ganz und gar nicht gefallen“, sagte Frieda düster, so, als hätte sie Maxes Gedanken gelesen.

Die Kinder starrten hinauf zu den großen Fenstern des altehrwürdigen Gebäudes.

Eben schwebte eine besonders voll beladene Seifenblase auf ein Fenster im ersten Stock zu, als Maxe plötzlich eine Bewegung bemerkte. Undeutlich erkannte er die Umrisse einer hochgewachsenen Person.

„Da oben ist jemand“, wunderte er sich. „Und es ist kein Kind. Da bin ich mir sicher.“

Frieda schnappte nach Luft. „Das Rathaus. Natürlich! Warum bin ich nicht gleich draufgekommen?!“

Maxe guckte sie verständnislos an. „Auf was denn?“

„Na ja, im Rathaus erfährt man alles über eine Gemeinde“, erklärte sie der versammelten Klasse. „Dort finden wir sicher auch Informationen …“

„… über die Wasserversorgung!“, schloss Karl.

„Genau.“ Frieda nickte zufrieden. „Und irgendwer scheint dort zu sein. Wir werden also einfach mal nachfragen.“ Schon eilte sie die Stufen zur Eingangstür hinauf und zog an der schweren Eisentür. Nichts.

Verwundert stemmte sie die Arme in die Seiten. „Abgeschlossen. Maxe, bist du dir sicher, dass da oben jemand war?“ Frieda legte den Kopf in den Nacken.

„Ganz sicher!“, rief er und rüttelte nun selbst an der Tür.

Vergeblich. Er guckte sich um. Neben der Eisentür war ein Klingelschild.

„Dann klingeln wir eben Sturm!“

Gesagt, getan. Eine schrille Glocke ertönte.

„Okay, das war garantiert nicht zu überhören“, kicherte Felix.

Die Klasse wartete, aber noch immer rührte sich nichts.

Makkaroni bellte ungeduldig und hüpfte die Stufen hoch und runter.

„Ich weiß, Kumpel!“, seufzte Maxe. Untätig rumstehen war nicht sein Ding!

Schließlich schlitterte Frieda zurück auf den Gehweg und schaute noch einmal am Gebäude hinauf. „Da oben ist ein Fenster auf", rief sie.
Maxe stellte sich neben sie. „Ja, das ist das Fenster, wo der Typ stand." Er kratzte sich am Kopf. „Ich könnte versuchen, dort hochzuklettern. Dann mach ich euch die Tür auf."
Frieda lachte. „Vergiss es, das ist viel zu hoch."
„Ich brauch jetzt erst mal 'ne Pause. Wieso hat denn niemand Brote geschmiert? Oder einen Kuchen gebacken?", maulte Elinore und sank auf die Stufen vor dem Rathaus.
Karl, Suse und Anton ließen sich neben sie fallen und zogen die Spülbürsten von den Schuhen.
„Ich habe ein paar von Maxxxesss Einkäufen dabei", gab Pascal zu und holte verlegen eine große Tüte Chips hervor. „Aber ich teile sssie nur … ausssnahmsssweisssse."
Maxe sah sich um. Auch wenn ihm der Magen noch immer zwischen den Knien hing, wollte er sich auf keinen Fall geschlagen geben. Er würde einen Weg nach drinnen finden!
Neben dem Eingang zum Rathaus gab es einen

überdachten Fahrradunterstand. „Vielleicht, wenn ich da raufklettere und dann …“ Schon sauste Maxe los, um sich einen besseren Überblick zu verschaffen.

Zwischen der Rückwand des Unterstands und der Fassade des Rathauses gab es noch einen schmalen Durchgang. Maxe spähte hinein. Sofort erhellte sich seine Miene.

Er drehte um und winkte Frieda herbei. „Komm mal, das musst du dir angucken!“

Seine Freundin rutschte gespannt neben ihn.

Maxe deutete in den Spalt zwischen Wand und Schuppen. „So schnell ist er wieder da!“, grinste er begeistert und klopfte auf den Aktenschrank.

„Scheint so, als hätten wir ihn heute besonders nötig.“ Frieda blies sich eine Haarsträhne voller Schaum aus dem Gesicht.

Maxe zuckte die Achseln. „Immerhin können wir uns heute Abend die Badewanne sparen“, scherzte er.

„Als ob du jemals baden würdest“, neckte ihn Frieda.

„Für eine Schaumparty bin ich doch immer zu

haben“, strahlte Maxe und kraulte Makkaronis Ohren. „Nicht wahr, Kumpel?“

Sein Hundefreund hechelte und sah sein Herrchen erwartungsvoll an.

„Ja, ich würde auch gerne wissen, was diesmal drin ist!“, sagte Maxe und musterte den Schrank, dessen untere Schubladen im Schaum untergingen. „Die Spülbürsten waren der Knaller!“

„Aber dafür müssen wir ihn erst mal ausgraben, fürchte ich.“ Frieda schaute sich um.

Ihr Blick wanderte zu ihren Klassenkameraden, die noch immer picknickten. Gerade fütterte Karl Jonas mit einer Handvoll Chilichips. Jonas röchelte, woraufhin Suse ihm eine Flasche Limo in die Hände drückte. „Hier, nachspülen!“, befahl sie ihm. Friedas Augen leuchteten auf. „Warte, ich bin gleich wieder da!“ Schon flitzte sie hinüber zum Rest der Klasse. „Kann ich auch einen Schluck bekommen, ich habe ja sooo einen Durst. Vom ganzen Spülbürstenlaufen und so.“ Blitzschnell schnappte sie sich die Limo. „Maxe kriegt auch einen Schluck, bevor er noch aus den Bürsten kippt vor lauter Durst!“

Eilig sauste sie zurück zum Aktenschrank.
„Oh, lecker, meine Lieblingssorte. Erdbeer-Zitrone!“, frohlockte Maxe und streckte die Hand nach der Flasche aus.
„Nix da!“ Frieda schob ihn beiseite. „Die ist nicht für dich.“
„Was, wieso nicht? Ich hab sie doch gekauft!“, protestierte Maxe.
Schwups, bespritzte Frieda eins der oberen Schrankfächer mit Limonade. Es zischte und sprudelte einen Moment, dann löste sich der Schaum auf und die Schublade begann zu bimmeln.
„Perfekt!“, freute sich Frieda.
„Genial!“, jubelte Maxe, während ihm die Schublade auch schon entgegenschoss.
Gemeinsam spähten die Freunde hinein.
„Ein Regenschirm?“, fragte Frieda genervt. Sie guckte hoch. Die Sonne strahlte, der Himmel war wolkenlos. „Klar, genau was wir jetzt brauchen! Nach Regen sieht es echt nicht aus.“
Maxe fischte den Schirm trotzdem aus dem Fach. Dabei fiel ihm ein zweiter Gegenstand auf. „Hey,

da ist noch was. Ziemlich eingequetscht." Er stellte sich auf die Zehenspitzen. „Mist, ich komme nicht dran."

Sofort war Frieda zur Stelle, griff in die Schublade und zog. „Fühlt sich an wie ein …"

In dem Moment sprang der Gegenstand aus dem Fach heraus.

„… Hula-Hoop-Reifen?!", riefen die Freunde gleichzeitig.

Der Ring war ziemlich verbogen, doch Frieda schaffte es, ihn wieder einigermaßen in Form zu bringen.

„Lustig, aber was machen wir nun damit?", überlegte Maxe. Er trat aus der Nische und spannte den Schirm auf. „Vielleicht können wir so durch den Schaum segeln?" Er drehte den Schirm um und setzte ihn wie ein Bötchen auf den Schaum. Fröhlich wippte er hin und her.

Frieda schüttelte den Kopf. „Nein, die Sachen sollen uns sicher helfen, ins Rathaus zu gelangen."

Maxe packte den Schirm und hielt ihn über den Kopf. „Wie soll das denn gehen?" Dicke Schaumflocken tropften von den Schirmrändern.

„Vielleicht wie in diesem einen Film, wo alle schwarze Schirme haben?"
Plötzlich fuhr ein heftiger Windstoß unter den Schirm. Seifenblasen stoben den Freunden entgegen. Maxe umklammerte den Knauf, der ihm fast aus der Hand gerissen wurde.
Doch Frieda war nicht schnell genug. Der Hula-Hoop-Reifen flog ihr aus der Hand und klatschte in den Schaum. Sofort hechtete sie ihm nach und fischte mit den Händen in der Seife.
„Huch, Glück gehabt. Da ist er ja!" Hastig angelte Frieda ihn wieder heraus und streckte ihn Maxe entgegen.
Und da passierte es. Mit einem leisen *Plopp!* löste sich eine riesige Blase aus Friedas Hula-Hoop-Reifen. Wie eine Glocke stülpte sie sich über Maxe, der noch immer den aufgespannten Regenschirm in der Hand hielt.

Mission: Das Klassentreffen
505.ZZZ.8/10

DIENSTAG, 05. APRIL

LBE:

1 Kanister Olivenöl

13:03 UHR. MITTELHAUSEN. RATHAUS.

So langsam läuft uns die Zeit davon und der Schaum leider auch. Ich habe Gegenmaßnahmen eingeleitet, aber wie lange diese den Schaum noch stoppen können, ist schwer zu sagen. Wird Zeit, dass die Agenten Geratwol und Zack ihre Aufgabe erledigen und dem Knastbruder das Handwerk legen.

MfG
Insp. RR

Maxe, schwebe los!

Eine Sekunde lang war Maxe so überrumpelt, dass er nur sprachlos durch die Seifenblase starrte. Alles war auf einmal verzerrt und schimmerte. Friedas Kopf wölbte sich nach oben und sah mit einem Mal aus wie eine Birne.

Maxe kicherte. „Frieda, dein Kopf ist verbeult!“, scherzte er, wobei seine Stimme ganz dumpf klang. So, als säße er in einem Schrank.

Frieda aber schüttelte nur panisch den Kopf. Ihr Mund bewegte sich ebenfalls, aber Maxe konnte beim besten Willen nicht verstehen, was sie sagte. Da wurde seine Freundin plötzlich immer kleiner.

Maxe grinste. „Abgefahren! Hätte ich das gewusst, wäre ich schon früher mal in so eine Seifenblase eingestiegen."

Aber Frieda schien das überhaupt nicht komisch zu finden. Immer hektischer wedelte sie mit den Armen. Jetzt kam auch Makkaroni angestürmt, hüpfte auf der Stelle und riss das Maul auf. Auch sein Hundekumpel war auf einmal sehr klein und schien noch weiter zu schrumpfen.

Maxe sah sich um. „Was ist denn los, was …" Und endlich verstand er, was passierte. „Das ist ja mal so was von …" Ihm fehlten die Worte.

Seine Freunde waren nicht geschrumpft – nein – er, Maxe Zack, schwebte tatsächlich über ihnen. In der Luft! Höher und höher.

Er blickte durch die Seifenblase wie durch das Bullaugenfenster eines Flugzeugs. Der Boden musste schon mindestens drei Meter entfernt sein. Hastig guckte er nach oben. Erst da fiel ihm auf, dass er noch immer den Regenschirm umklammert hielt.

„Wahhhh!!" Ein bisschen komisch war das ja schon! „Okay, Maxe, denk nach!" Aber seine

Gedanken rasten wild durcheinander. Wie sollte er zurück nach unten gelangen? Was würde passieren, wenn die Blase platzte, wie all die anderen zuvor? Er schluckte.
Die Blase schwebte nun direkt an der Fassade des Rathauses hoch.
Mit angehaltenem Atem lugte Maxe unter dem Schirm hervor. Schräg über ihm befand sich das offene Fenster. Sein Herz klopfte noch etwas schneller. „Bingo! Das ist es!" Seine wahrscheinlich einzige Chance, aus der Nummer wieder heil rauszukommen!
Er holte tief Luft, den Schirm fest umklammert, um weiter Kurs zu halten. „Jetzt bitte, bitte kein Wind!", murmelte er vor sich hin, während er das offene Fenster fixierte.
Noch zwei Meter, eineinhalb, einer …
Maxe ließ langsam mit einer Hand den Knauf des Schirms los. Vorsichtig streckte er sich, gerade so weit, dass seine Hand die Innenseite der Blase noch nicht ganz berührte. Jetzt war er genau auf Höhe des Fensters. Sein Blick fiel in den Raum. Er war dunkel und voller Umzugskisten.

Maxes Hand zitterte leicht. Er würde genau eine Chance haben, nach dem Fenstersims zu greifen. Denn in dem Moment, in dem seine Hand durch die Blase fuhr, würde sie platzen.
Er holte ein letztes Mal tief Luft und schnellte nach vorne.
Plopp! Die Blase zerbarst.
Unter ihm schrien seine Klassenkameraden entsetzt auf.
„Ahhh!" Auch Maxe brüllte aus vollem Hals, während seine eingeseiften Finger nach Halt suchten. Er probierte es am Fensterrahmen, rutschte ab. Er versuchte es mit dem Holzladen – vergeblich. Erst als er den Regenschirm losließ und beide Hände in die Erde des Blumenkastens rammte, blieb er endlich hängen.
Polternd klatschte der Schirm unter ihm aufs Pflaster. Seine Freunde schrien entsetzt auf.
„Puhhh!" Maxe tropfte der Schweiß von der Stirn. Er drehte den Kopf zur Seite und grinste. „Hab alles fest im Griff!", rief er nach unten.
„Maximilian Zack! Du hast doch nicht mehr alle Tassen im Schrank!", hörte er Frieda schimpfen,

während er sich vorsichtig hochzog und durchs offene Fenster plumpsen ließ.
Sofort rappelte er sich wieder auf und klopfte die Erde von den Händen.
„Abgefahren!“ Das war mal mit Abstand das Verrückteste, das er je gemacht hatte!
Er scannte kurz den Raum – eine total langweilige Abstellkammer –, dann zog er sich die Spülbürsten von den Füßen und marschierte zur Tür. Maxe konnte es kaum erwarten, die verblüfften Gesichter seiner Klassenkameraden zu sehen. Eilig rannte er den schwach beleuchteten Flur hinunter.
Das Rathaus war ein altes Sandsteingebäude, mit bunt bemalten Fenstern und verwinkelten Erkern. Er war bisher nur einmal hier gewesen, als seine Mama einen neuen Reisepass für ihn beantragt hatte. Aber er erinnerte sich, dass es eine breite Marmortreppe gab, die alle drei Stockwerke des Gebäudes verband.
Maxe sauste um die Ecke. Immerhin schienen die Flure des Rathauses noch schaumfrei.
Eben erreichte er einen besonders imposanten Flurabschnitt mit alten Ritterrüstungen zu beiden

Seiten, als er plötzlich eine Stimme vernahm. Er bremste ab. Hastig versteckte er sich hinter einer der Rüstungen.
Keine Sekunde zu früh. Schon im nächsten Moment hörte er Schritte auf dem Flur.
„Die Kinder werden so was von alt aussehen!", grölte ein Mann.
Irgendwo hatte Maxe die Stimme schon mal gehört. Aber wo nur?
„Das macht so viel Spaß! Warum bin ich eigentlich nicht schon früher zu Besuch gekommen?! Ach, wie ich das hier doch vermisst habe!"
Maxe versuchte, aus seinem Versteck heraus etwas zu erkennen, aber es gelang ihm nicht.
Trap, trap, trap. Die Schritte wurden leiser. Das klang ganz klar nach einer einzelnen Person! Aber mit wem sprach der Kerl dann? Führte er Selbstgespräche? War er am Telefon?
Neugierig kroch Maxe aus seinem Versteck und bekam gerade noch mit, wie jemand die Treppe am Ende des Flurs hinunterlief. Maxe nahm die Verfolgung auf. So leise wie möglich huschte er über den glatten Marmorboden. Im Nu hatte er die

breite Steintreppe erreicht, wo er hinter einer Säule in Deckung ging.
Vorsichtig lugte er nach unten. Die Schritte waren noch immer zu vernehmen, zu sehen war aber niemand. Also schlich Maxe die Treppe hinunter und spähte übers Geländer hinab ins Erdgeschoss. Eine große Pranke glitt weiter unten über den Handlauf. Maxe beeilte sich, aufzuholen.
Fast hatte er das Erdgeschoss erreicht, als wieder jemand sprach. „Ich geh jetzt runter, Seife spenden. Keine Sorge, Streberlein, ich habe alles bestens im Griff."
Streberlein? Maxe dachte nach. Da klingelte doch was bei ihm ...
Fast hatte er den letzten Treppenabsatz erreicht. Nur noch ein paar Meter, und er war unten bei der Eingangstür. Er spähte um das Geländer herum. Niemand in Sichtweite! Der Weg zur Tür schien frei.
Also sprintete er los, nahm immer zwei Stufen auf einmal und hechtete zum Eingang. Schon von Weitem sah er einen großen Schlüsselbund im Türschloss stecken. „Yes!"

Er rutschte die letzten Meter über den Fliesenboden und drehte den Schlüssel um. Plötzlich legte sich eine große Hand von hinten auf seine Schulter. „Wohin denn so eilig, Freundchen?“, hörte er die Stimme, die er immer noch nicht einordnen konnte.
Er schluckte und drehte sich um. „Hi!“, quiekte er und starrte in das Gesicht, das ihm an diesem Tag schon ein paarmal begegnet war. „Sie?“
Und endlich wusste er, wo er den Typen aus dem Supermarkt schon einmal gesehen hatte. „Na klar, Sie sind ein Ehemaliger! Einer der Knastis, Sie sind …“ Maxe konzentrierte sich, um sich das Klassenfoto noch einmal ins Gedächtnis zu rufen. „Bertram Schmier!“, verkündete er schließlich stolz.
„Was hast du gesagt?“, brüllte der Kerl wütend. „Woher weißt du, wie ich heiße?“ Er packte Maxe am Kragen und schob ihn zurück in die Eingangshalle. „Egal, du wirst es sowieso niemandem mehr erzählen können!“
Maxe schlug wild um sich. „Hey, lassen Sie mich gefälligst los!“

Doch der Mann packte nur noch fester zu und manövrierte Maxe einen langen dunklen Gang hinab, der von der Eingangshalle wegführte.
Maxe verdrehte verzweifelt den Kopf. „Hey, lassen Sie mich gefälligst los! Das ist ein Rathaus. Ich kann hier rumspazieren, wie ich Lust habe!"
„Wir wissen beide, dass du nicht zum Spazieren hier bist!", presste der Kerl zwischen den Zähnen hervor und schubste Maxe in ein offenes Büro.
Es roch muffig, nach abgestandener Luft und gammeliger Bananenschale.
Maxe verzog das Gesicht. „Sie haben die Seife ins Wasser gekippt!", warf er dem Kerl an den Kopf.
Der lachte bloß. „Nicht nur das, Junge, nicht nur das." Während er Maxe noch immer festhielt, zog er einen Sessel heran, auf den er ihn anschließend schubste.
„Was haben Sie denn vor?", fragte Maxe, weniger aus Angst als vielmehr aus Neugier.
Schmier ignorierte Maxes Frage und durchsuchte den Schreibtisch in der Mitte des Büros. „Besser, du bleibst erst mal hier, bis deine Eltern wieder zurück sind. Für so kleine Kinder wie dich ist es

doch schließlich viel zu gefährlich, allein durch die Stadt zu turnen."

„Pah! Ich bin überhaupt nicht klein!", knurrte Maxe und wollte lossprinten.

Doch der Mann fing ihn ein und hielt ihm eine Tube Sekundenkleber unter die Nase. „Du bleibst erst mal hier, Bürschchen!" Er schmierte eine großzügige Portion Klebstoff auf die Sitzfläche.

„Hä?", fragte Maxe verwirrt.

Schon drückte ihn Schmier zurück auf den Sessel. „Kannst gern aufstehen, aber dann hast du ein Loch in der Hose – genau am Popo", grinste er schadenfroh.

Maxe schnaubte. Der Trick hätte von ihm sein können! So ein Blödmann! Verdrossen rutschte er hin und her. Aber der Kleber war bereits getrocknet „Das werden Sie bereuen!"

Schmier lachte böse. „Das glaube ich kaum. Wenn ich mit eurem schnuckeligen Städtchen fertig bin, interessiert sich sowieso niemand mehr für dich."

Maxe schluckte. Das klang nicht gut. Was hatte der denn vor? Noch mehr Schaum? Alles einzusauen? Weiter Chaos zu stiften? „Da kriegen

Sie sicher gewaltigen Ärger – ich spreche aus Erfahrung."
Schmier lief schulterzuckend zur Tür. „Das macht es doch besonders spannend!"
Fieberhaft überlegte Maxe. Wie konnte er ihn aufhalten? Was konnte er noch sagen? „Unser Klassensprecher meint, Sie gefährden die Tiere!", schleuderte er Schmier hinterher. „Mit dem ganzen Schaum und dem Müll, der überall …"
Doch Schmier hatte bereits das Zimmer verlassen.
Wütend ballte Maxe die Fäuste. „Toll, Maxe, das hast du ja super hinbekommen!", murmelte er und versuchte abzuschätzen, wie viel Hosenstoff er opfern musste. Zu viel. Keine Chance. „Mist!"
Maxe sah sich um. Neben dem breiten Schreibtisch gab es ein großes Bücherregal und zwei Sessel gegenüber dem Tisch – in einem davon saß Maxe fest. Das Zimmer wirkte sehr offiziell und wichtig. Maxe versuchte einen Blick auf den Schreibtisch zu erhaschen. Er ruckte mit dem schweren Sessel hin und her, verdrehte den Hals. Irgendwas lag ausgebreitet auf dem Tisch. Maxe erkannte einen Plan oder vielleicht eher eine Karte?

Neugierig lehnte er sich nach hinten. Doch noch immer gelang es ihm nicht, mehr zu erkennen. Also drückte er sich ein wenig mit den Füßen ab. Nur gerade so viel, dass sein Sessel leicht nach hinten kippelte.

Nur leider ging sein Plan nicht auf. Er kippte einfach weiter.

„Ahhhh!“, rief er panisch.

Rums! Schon krachte er rückwärts aufs Parkett. Es donnerte und ratschte, etwas in der Lehne schien zu brechen. Aber sein Popo löste sich nicht. Der Kleber hielt spitzenmäßig.

Maxe seufzte. Jetzt konnte er sich überhaupt nicht mehr bewegen. Er blies die Backen auf. „Aktenschrank? Hallo? Wo bist du, wenn man dich mal wirklich, wirklich, wirklich braucht?“

Mission: Das Klassentreffen 505.ZZZ.8/11

DIENSTAG, 05. APRIL

LBE:

1 Stadtplan der Kanalisation
12 Erdbeer-Sahne-Bonbons für die Nerven

13:46 UHR. MITTELHAUSEN. RATHAUS.

Der Kerl hat sich verbarrikadiert. So werden wir nicht weiterkommen. Ein Notfallplan muss her. Auf dem Stadtplan hat sich eine unverhoffte Möglichkeit gezeigt, diese Angelegenheit zu regeln. Jetzt muss ich bloß herausfinden, wie sicher das Ganze für meine beiden Superagenten ist.

MfG
Insp. RR

Sackgasse

Maxe lag noch immer wie ein Maikäfer auf dem Rücken, als die Antwort kam.
„Pssst! Maxxxe, bissst du da drin?“, lispelte Pascals Stimme von irgendwoher.
Maxe hob den Kopf. Konnte aber nur seine Knie sehen.
„Klar ist er da drin, hast du nicht den Radau gehört?“, scherzte Frieda, und im selben Moment kam ihr Kopf über seinen Knien in Sicht.
Fröhlich zwinkerte sie ihm zu. „Hi! Das sieht irgendwie ziemlich unbequem aus!“
Maxe atmete erleichtert aus. „Mann, bin ich froh,

euch zu sehen! Ich war mir echt nicht sicher, ob ich den Schlüssel noch ganz umgedreht habe, bevor mich der Typ an der Tür erwischt hat." Eine riesige rosa Zunge klatschte ihm ins Gesicht. „Igitt, Makkaroni, das ist so was von eklig!", quiekte Maxe und zappelte. Ein Ratschen war zu hören. Sein Hundekumpel grunzte zufrieden. Die anderen Kinder lachten.

Jetzt kam Jonas angesaust und warf sich ebenfalls auf ihn. „Maaaaxeeee!"

Frieda schob Labrador und Kleinkind sanft zur Seite. „Danke dir, Makkaroni, aber Maxes Gesicht ist nun sauber genug." Lachend inspizierte sie seine missliche Lage. „Karl, kannst du mir mal bitte eine Schere oder so geben?"

„Also, warte mal, meine Hose, ich …" Maxe stieg die Röte ins Gesicht.

Kaputte Hose! Die hatte er schon mal gehabt, als die Dogge des Hausmeisters ihn beim Spionieren in der Turnhalle erwischt hatte. Auch damals war er nur in diese brenzlige Situation gekommen, weil er einen dieser verrückten Aufträge des Inspektors erfüllen musste.

„Schere?“ Karl kramte auf dem Schreibtisch herum. Plötzlich hielt er inne und rief: „Kommt mal her, das müsst ihr sehen!“
„Würde ich ja gern!“, brummte Maxe verdrossen, während Frieda hinüber zum Schreibtisch stürzte und ihn einfach liegen ließ.
Nur Knutschi strich schnurrend um sein Gesicht.
„Nicht auch noch du!“ Maxe verdrehte den Hals. „Hey, Leute, jetzt macht mich doch mal los!“
In dem Moment biss ihn etwas ins Bein. Reflexartig wich er zur Seite – und *Ratsch!* war er frei.
„Autschi!“, zischte Maxe und rappelte sich hoch. Er legte den Kopf schief, um den Schaden zu begutachten.
Puh, Glück gehabt! Die Hose war heil geblieben! Dafür klebte nun ein großes Stück grünes Leder daran fest.
„Haha, nichts passiert!“, rief Maxe erleichtert. Knutschi thronte triumphierend neben ihm und leckte sich die Pfote.
Maxe lächelte. „Na schön, danke fürs Aufbeißen.“ Hastig sprang er auf die Füße, zupfte sein T-Shirt über den komischen Lederfetzen und sauste

hinüber zu seinen Freunden. „Sagt schon, was ist das? Ich wollte es mir gerade anschauen, da hab ich mit dem Stuhl das Gleichgewicht verloren."
„Das könnte der Grundriss vom Rathaus sein", erklärte Frieda und drehte den Plan einmal im Kreis. „Vielleicht vom Rathauskeller oder ... allen Kellern von Mittelhausen ...?"
Karl nickte zustimmend. „Ich glaube, das ist ein Plan vom Untergrund der Stadt. Hier ist der Mittelbach." Er deutete auf eine breite graue Linie, die einmal quer über den Plan verlief.
„Fließt der etwa unter dem Rathaus durch?", fragte Anton neugierig und beugte sich so weit über die Karte, dass außer ihm niemand mehr etwas erkennen konnte.
Elinore zog ihn zurück. „Hey, ich will auch mal gucken."
„Ja, ich glaube, der fließt da durch diesen Tunnel. Erinnert ihr euch noch, als Frau Penne entführt wurde? Da sind wir mit den Schlauchbooten zurück in den Ort gefahren, vom Mühlteich über den Mittelbach", erklärte Maxe. „Da kamen wir auch durch den Tunnel."

„Aber wie hilft uns das nun mit dem Schaum weiter?“, gähnte Elinore und ließ sich auf den anderen Sessel vor dem Schreibtisch plumpsen.
Frieda tippte auf die Karte. „Ich denke mal, wir müssen hier rein“, sagte sie langsam. „Da steht *Zisterne*.“
„Wasss issst eine Zzzisssterne?“, wollte Pascal wissen.
„Da wird das Wasser des Mittelbachs gespeichert, um damit die Stadt zu versorgen. Das könnt ihr euch vorstellen wie ein riesiges Schwimmbecken mit einem Zufluss und einem Abfluss“, erklärte Frieda dem Rest der Klasse. „Wenn wir es schaffen, dort die Wasserzufuhr zu stoppen, sollte auch der Schaum aufhören.“
Plötzlich fiel Maxe wieder der Anruf ein, den er belauscht hatte. „Sie sind zu zweit!“, platzte er heraus. „Ich habe gehört, wie der Kerl telefoniert hat.“
„Wer?“ Karl sah ihn fragend an.
„Der Typ, der mich festgeklebt hat, ist nicht allein! Und ich kenne auch seinen Namen – Schmier heißt er.“

„Du hattest also recht, wir haben ihn schon einmal gesehen!“, rief Frieda. „Beim Klassentreffen! Aber wer ist dann der Zweite?“

Maxe zuckte ratlos die Achseln. „Keine Ahnung.“

„Was für ein Schmier?“ Karl guckte noch immer verwirrt in die Runde, genau wie der Rest der Klasse.

„Na, der Schaumschläger – also der, der für das ganze Chaos verantwortlich ist! Das war einer der Knastis, der auch mal an der Schnittlich-Schule war. Beim Klassentreffen hab ich ihn erkannt.“

Maxe zeigte auf den Plan. „Schmier hat am Telefon zu seinem Komplizen gesagt, dass er nach unten geht!“

Frieda faltete die Karte zusammen. „Sehr gut, dann werden wir uns genau dort zuerst umschauen.“

Schon eilte sie hinaus auf den Flur.

Sie liefen zurück zum Haupteingang, wo sich auch das Treppenhaus befand.

„Schwimmbad!“, kreischte Jonas vergnügt.

Maxe grinste. „Erst mal müssen wir das Schwimmbad da unten finden.“

Das Treppenhaus lag verlassen vor ihnen. Also

schlichen sie die Stufen zum Untergeschoss hinab. Dort gelangten sie in eine Halle, von der mehrere dunkle Gänge abzweigten.
Maxe lauschte in die Stille. „Ich höre niemanden."
Frieda entfaltete die Karte. „Wir sind hier auf jeden Fall richtig." Sie blickte in alle Richtungen, dann wieder auf die Karte. „Hm, das verstehe ich nicht ..." Unschlüssig drehte sie die Karte. „Die Zisterne muss hier unten sein, aber die Gänge führen alle von ihr weg, das würde ja bedeuten ..."
Frieda starrte auf die kreisförmige Steinplatte zu ihren Füßen. „... die Zisterne liegt genau unter uns."
Die anderen Kinder beäugten nun ebenfalls den glatten Boden.
Plötzlich bemerkte Maxe ein paar Seifenblasen, die über seine Schuhe hinwegflogen und schließlich am Treppengeländer zerplatzten.
Er ging in die Knie. „Hey, Leute, wir sind auf der richtigen Spur!"
Neugierig folgte er den Blasen bis zu einer alten Stahltür, auf der ein großes rotes Warndreieck prangte.

„Ich hab den Eingang gefunden!“, rief er aufgeregt und studierte das Schild.
TRINKWASSER-SPEICHER stand dort. Und: BETRETEN NUR FÜR BEFUGTES PERSONAL.
Winzig kleine Schaumflöckchen stoben unter der Tür hervor.
Karl trat besorgt heran. „Das ist nicht gut, gar nicht gut …“
Die Tür hatte ein kleines Guckfenster. Maxe stellte sich auf Zehenspitzen, doch alles, was er sah, war Schaum. „Egal, wir gehen da rein.“ Entschlossen drückte er die Klinke hinunter.
Doch nichts passierte!
Karl drängte an ihm vorbei. „Lass mich mal probieren!“ Er warf sich gegen die Tür und rüttelte an der Klinke. Wieder nichts!
„Vielleicht finden wir irgendwo einen Schlüssel?“, überlegte Maxe. Vergeblich versuchte er, etwas hinter der Tür zu erkennen.
Genau in dem Moment schob sich ein Kopf vor das Fenster.
„Ahhh!“ Maxe und Karl kreischten erschrocken auf und wichen zurück.

„Das ist der Kerl!“, rief Maxe und deutete auf das Gesicht, das von Schaumflocken umrahmt hämisch hinter dem Fensterglas hervorgrinste. Schmier hob eine Hand und winkte den Kindern zu. Dabei zeigte er ein zahnloses Lächeln.

Suse fing an zu schluchzen.

„Ssso ein hinterhältiger Fiesssling!“, schimpfte Pascal.

Maxe schnaubte. „Wir kommen da rein! Wir lassen uns das nicht in die Schuhe schieben! Ich bin Experte darin! Meine Brüder versuchen das nämlich auch immer. Aber nicht mit mir. Nee, echt nicht.“

Frieda wedelte aufgeregt mit dem Untergrund-Plan. „Wir müssen da rein!“ Sie schlug mit der flachen Hand gegen die Tür. „Das ist der einzige Weg in die Zisterne.“

„Nicht der einzige“, flüsterte Elinore hinter ihrem Haarvorhang hervor.

Sofort drehten sich alle zu ihr um.

„Wie meinst du das? Kennst du einen anderen?“, fragte Karl fast flehend.

„Durchs Wasser“, wisperte Elinore.

Maxe riss die Augen auf. „Na klar!“
„Der Bach!“, schrie Frieda im selben Moment und hüpfte begeistert auf der Stelle. „Elinore, das ist die Lösung!“
„Wie meint ihr das?“, fragte der Klassensprecher skeptisch.
Maxe und Frieda tauschten einen begeisterten Blick.
„Packt die Badehosen aus!“, kicherte Maxe.
„Wir müssen reinschwimmen“, sagte Frieda.
„Schwimmbad!“, jubelte Jonas und rannte mit Maxe zurück nach oben.

Mission: Das Klassentreffen 505.ZZZ.8/12

DIENSTAG, 05. APRIL

LBE:

1 Liter Rost-Frei-Lösung
60 Meter Gartenschlauch

15:12 UHR. MITTELHAUSEN. VILLA VON STREICHZAPF.

Habe alles abgesichert. Der Tunnel ist jetzt frei, das Gitter habe ich mit unserer Rost-Frei- Lösung eingeschmiert. Wenn die Kinder kommen, sollte es abzunehmen sein. Mehr kann ich nicht für sie tun, ab jetzt sind die Agenten Geratwol und Zack auf sich allein gestellt.

MfG
Insp. RR

Tauchstation

Schlitternd und rutschend erreichten die Kinder wenige Minuten später die kleine Bahnstation von Mittelhausen. Hier endete die Stadt – jenseits der Gleise waren nur noch Felder, Wiesen und Wald zu sehen. Mittendrin lag eine alte Mühle mit Teich. Dort staute sich der Mittelbach, bevor er durch ein kleines Wehr in einen Tunnel plätscherte.

Gemeinsam spähte die Klasse hinüber zur Mühle.

„Da müssen wir rein!“, rief Maxe und deutete in Richtung Tunnel.

„Mir ist das zu kalt!“, jammerte Suse, während die

Kinder vom Bahnsteig hinüber zum Tunneleingang liefen. „Ich geh da nicht baden!“

„Ich glaube, das musst du diesmal auch nicht.“

Frieda guckte in den schwarzen Schlund. Gurgelnd verschwand das Wasser zwischen glitschigen Steinen und vermoosten Wänden. „Solange die Schleuse am Mühlteich geschlossen ist, kommt nur wenig Wasser. Wir können einfach hindurchwaten.“ Vorsichtig trat sie auf einen der Steine im Bachbett, von dort sprang sie weiter auf den nächsten und übernächsten.

Maxe und Makkaroni trabten einfach durchs Wasser.

Jonas hüpfte übermütig nebenher. „Plitsch, platsch, plitsch, platsch!“, sang er vergnügt.

Schon bald wurde die Klasse von der Dunkelheit verschluckt. Maxe schaltete seine Handytaschenlampe ein. „Es werde Licht!“

Der Tunnel erstreckte sich, so weit der Schein reichte.

„Müsste nicht irgendwann die Abzweigung zur Schule kommen?“, fragte Anton, während er sich das Spritzwasser von der Brille wischte.

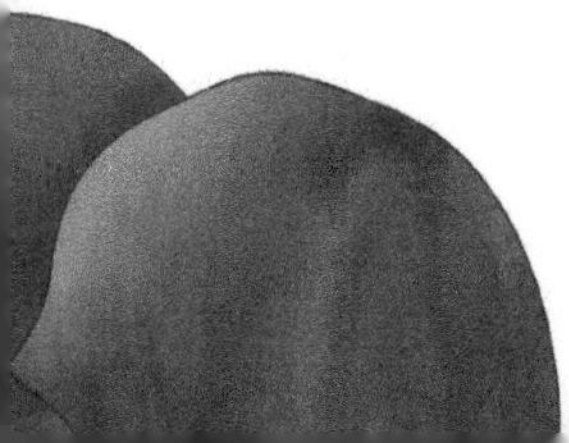

Frieda ließ ihre eigene Lampe die Wände rauf- und runtergleiten. „Wenn hier kein Schaum ist und rings um die Schule schon, muss die Abzweigung zur Zisterne vorher kommen.“

„Aber als wir mit dem Boot hier durchgefahren sind, gab es keine andere Abzweigung und schon gar keinen zweiten Tunnel, den hätten wir doch bemerkt“, meldete sich Karl zu Wort.

„Nicht, wenn sich der Abfluss unter Wasser befand“, warf Frieda ein. „Dadurch, dass wir das Wehr an der alten Mühle geöffnet hatten, lief sehr viel Wasser auf einmal durch den Tunnel und der Stand war viel höher als jetzt.“ Sie leuchtete nun direkt an der Wasserlinie entlang. „Haltet Ausschau am Boden und an den Wänden!“

Die Kinder begannen eifrig zu suchen. Schon nach wenigen Metern machte Pascal eine Entdeckung. „Hier, hier issst wasss!“, schrie er und hüpfte auf der Stelle. Der Schein seiner Lampe fiel auf ein breites Stahlgitter, das unten in die Tunnelwand eingelassen war.

Frieda richtete ihre Handylampe darauf. „Das könnte es wirklich sein.“

Maxe blies die Backen auf. „Okay, und wie kommen wir da durch?“
Pascal packte das Gitter und rüttelte. Es klirrte. „Ssso verrossstet, wie dasss Ding aussssieht …“
Schon waren Maxe und Frieda zur Stelle, gemeinsam zogen sie an dem Gitter.
Und tatsächlich! Plötzlich gab es einen lauten Schlag und die Kinder purzelten rückwärts.
Maxe landete auf dem Hosenboden im Wasser, ein Stück des Gitters in der Hand. „Na schön, jetzt bin ich nass und kann auch direkt da reinkrabbeln“, lachte er und wollte schon den Kopf durch das Loch stecken.
Frieda packte ihn an der Schulter. „Nicht so schnell!“ Sie zog den Zisternen-Plan aus ihrer Jacke. „Wer sagt denn, dass du da weiterkommst?“
Suse nickte hektisch. „Was, wenn es da drin ganz furchtbare Wasserschlangen gibt?“, heulte sie laut. „Oder noch schlimmer – Spinnen?“
Frieda studierte den Plan aus dem Rathausbüro. „Hm, wie würdet ihr diese Zeichnung deuten?“, fragte sie ihre Mitschüler und hielt den Plan in die Runde.

Karl beugte sich wichtigtuerisch darüber. „Ganz klar, der Tunnel ist unter Wasser."
Nun schwiegen alle Kinder betreten.
„Das ist aber der einzige Weg!", wisperte Frieda verzweifelt.
„Wenn wir es nicht schaffen, fließt der Schaum überallhin", ergänzte Anton.
„Wir dürfen auf gar keinen Fall zulassen, dass diese komische Seife in den Wald gelangt!", sagte Karl bestimmt. „Ich kann vielleicht tauchen …", ergänzte er zögerlich.
Maxe guckte ihn mit großen Augen an. „Das würdest du tun?" Klar, Karl war wirklich ziemlich cool, wenn man ihn ein bisschen besser kannte, aber der Mutigste war er nicht gerade.
„Vielleicht?", krächzte Karl heiser, und seine Knie begannen unkontrolliert zu schlackern.
Maxe seufzte. „Keine Sorge, Kumpel, ich mach das schon! Aber zuerst muss ich wissen, wie lang dieser Tunnel ist, durch den ich tauchen muss."
„Ich komme mit", sagte Frieda bestimmt. „Der Tunnel ist nur ganz kurz, vielleicht vier Meter?", überlegte sie laut und studierte noch einmal den

Plan. Mit den Fingern versuchte sie, die Distanz zu messen.

In dem Moment quiekte es plötzlich irgendwo in der Dunkelheit. Die Kinder zuckten erschrocken zusammen.

Makkaroni bellte und fing an, mit dem Schwanz zu wedeln. Knutschi fauchte aufgebracht.

„Was war das?" Maxe sah in die Richtung, aus der das Geräusch gekommen war. Sein Hundekumpel machte einen Satz und verschwand in der Finsternis.

„Makkaroni?" Maxe lief ihm hinterher. „Hey, warte mal, wo willst du hin?" Schon hatte der Tunnel auch ihn verschluckt. Hektisch ließ er das Licht seiner Handylampe über die Tunnelwände gleiten. „Kumpel?" Gerade meinte Maxe, einen hellen Schimmer von Makkaronis Fell zu erspähen, als er über einen Stein im Wasser stolperte.

Er stürzte nach vorne und klatschte mit dem Gesicht gegen einen metallischen Gegenstand. Mit der Wange rutschte er an der kalten Oberfläche hinunter, während seine Hände nach Halt suchten. Es bimmelte laut.

„Hä?“ Maxe rappelte sich auf und wich zurück – gerade rechtzeitig, um der Schublade zu entgehen, die auf ihn zusauste.

„Schon wieder das Teil?“ Verwundert starrte er auf das lange Stück Gartenschlauch, das aus dem Schrank hervorlugte. Schnell stopfte er das Handy in seinen Hosenbund, damit er beide Hände frei hatte.

„Wau!“, kam die Antwort neben ihm aus der Dunkelheit.

„Da bist du ja!“, freute sich Maxe, während er den Schlauch herauszog. „Super gemacht, Makkaroni! Du hast einfach die beste Spürnase von allen.“ Er zog und zog und zog. „Oh Mann, wie lang ist der denn?“

Immer mehr Schlauch landete im Flussbett vor ihm. Makkaroni legte den Kopf schief und gähnte.

„Du sagst es, Kumpel! Wenn das so weitergeht, penne ich gleich ein …“

Maxe taumelte rückwärts, als ihm das Ende endlich entgegengesaust kam.

„Ups!“ Verwirrt betrachtete er das riesige Bündel zu seinen Füßen. „Okay.“ Er zuckte die Schultern und packte den Schlauch. „Puh, ganz schön schwer!“

Dann stapfte er zurück zu seinen Klassenkameraden.

„Hey, Leute, schaut doch mal, was Makkaroni gefunden hat!“, rief er ihnen entgegen.

„Maxe?“ Frieda leuchtete ihm direkt in die Augen. „Wo warst du? Du kannst doch nicht einfach so abhauen!“

Maxe schob ihre Hand beiseite. „Chill mal, ich musste das hier ...“, er hielt ihr das große Bündel Schlauch entgegen, „... kurz wo rausholen.“ Grinsend zwinkerte er ihr zu.

Friedas Augen wurden groß. „Perfekt, genau so was brauchen wir jetzt!“

„Hä? Wiessso brauchen wir einen Gartenssschlauch?“, fragte Pascal.

Auch Maxe sah seine Freundin gespannt an.

Frieda richtete ihre Handylampe auf den Plan der Zisterne. „Es wäre doch nicht schlecht, beim Tauchen einen Schnorchel zu haben, oder?“

Maxe strahlte. „Genial! Ich geh als Erster.“ Schon packte er den Schlauch und steckte ihn probe-

halber in den Mund. Begeistert hielt er beide Daumen hoch. „Top!“, nuschelte er.
Die Kinder lachten.
Frieda musterte ihn. „Da fehlt noch was.“ Sie kramte in ihrer Tasche und zog eine Taucherbrille hervor. „Zum Glück habe ich heute morgen noch daran gedacht, das Ding einzupacken …“ Sie senkte die Stimme. „Teil des Auftrags, du erinnerst dich?!“ Grinsend stülpte sie Maxe die Brille über den braunen Wuschelkopf. „Jetzt bist du bereit.“
Maxe beugte sich hinab zu dem engen Tunnelschacht. Munter plätscherte das Wasser zu seinen Füßen in die Röhre.
Frieda hockte sich neben ihn und lauschte. „Ich glaube, da geht es runter, so wie das Wasser rauscht.“
Maxe holte einmal tief Luft. Auch wenn es die letzten Tage schon richtig warm gewesen war – nach einem Badetag fühlte es sich noch nicht an. „Hilft ja nix!“, rief er laut und drückte Karl sein Handy in die Hand. „Wiedersehen macht Freude!“ Dann ließ er sich einfach ins Wasser plumpsen. Die anderen sprangen kreischend auseinander.

„Hey, Maxe, das war gemein!“, heulte Suse und trocknete sich die Arme an Pascal ab.
Maxe lachte bloß und rutschte ein Stückchen vorwärts, hinein in die Röhre. Makkaroni jaulte leise.
„Keine Sorge, Kumpel, ich bin im Nullkommanix wieder da. Du passt so lange auf Jonas auf, okay?“
Er nahm den Schlauch zwischen die Zähne.
„Abfahrt!“
Schwungvoll stieß er sich von den Tunnelwänden ab und sauste vorwärts, hinein in die nasse Finsternis. Das Letzte, was er hörte, war Makkaronis aufgebrachtes Bellen und Jonas’ begeistertes Grölen – dann rauschte nur noch das Wasser in seinen Ohren

Mission: Das Klassentreffen 505.ZZZ.8/13

DIENSTAG, 05. APRIL

LBE:

12 Schokoriegel
2 Packungen Kaugummi
1 Plopp in Regenbogenfarbe
1 Packung Knallerbsen

16:11 UHR. MITTELHAUSEN. SCHNITTLICH-SCHULE.

Zurück in der Schule. Das Klassentreffen ist noch immer in vollem Gange. Keine Ahnung, wie sich erwachsene Menschen so lange die immer selben Geschichten erzählen können. Ich habe nur fünf Minuten zugehört und langweile mich bereits zu Tode. Da wird es wohl Zeit für eine kleine Unterbrechung!

MfG
Insp. RR

Wasserfall(e)

Eine Weile sauste er einfach nur durchs Wasser. Den Schlauch hielt er dabei fest umklammert, um ihn unterwegs nicht zu verlieren. Immer schneller und schneller ging es hinab. Das Rauschen wurde lauter und lauter. Langsam wurde Maxe ein bisschen mulmig zumute.

Plötzlich hörte die Rutschfahrt auf und er schoss durch die Luft.

„Ahhhh!“, schrie er und klammerte sich verzweifelt an den Schlauch.

Doch schon im nächsten Moment klatschte er wieder ins Wasser und musste den Mund

geschlossen halten, um weiterhin Luft zu bekommen. Tief sog er die Luft in die Lungen, während die Strömung ihn mit sich riss.
Auf einmal sah er Licht am Ende des Tunnels. Schnell trieb er darauf zu. Das Licht wurde stärker, und im nächsten Moment schoss er aus der Röhre hinaus.
Platsch!, fiel er in ein riesiges, hell erleuchtetes Becken – voller duftendem Schaum.
Maxe paddelte wild im Kreis, bis sich seine Augen allmählich an die Helligkeit gewöhnt hatten. Aber der Schaum ließ ihn wenig erkennen. Also legte er den Kopf in den Nacken und blickte hoch zur Decke. Gleißend helles Licht stach ihm in die Augen.
Maxe blinzelte und wischte sich den Schaum von der Taucherbrille. Erst da bemerkte er, dass er noch immer den Schlauch im Mund hatte. „Urg!" Er spuckte ihn aus und griff nach dem Ende.
Unschlüssig zog er einmal dran, während er weiter auf der Stelle schwamm. Einen Moment passierte nichts, doch dann spürte er, wie ein leichter Ruck durch den Schlauch ging.

Maxe grinste. „Yes!“ Das musste Frieda sein. Vorsichtig ließ er den Schlauch los, woraufhin der langsam von ihm wegschlingerte. Maxe beobachtete, wie das Schlauchende vor ihm in den Schaum eintauchte. Einen Moment verlor er es aus den Augen, dann sauste der Schlauch aus dem Schaumberg heraus und an einer Betonwand empor. Dort verschwand er in einer schmalen Röhre, durch die das kristallklare Wasser ins Schaumbecken stürzte.
So war Maxe also hier reingekommen!
Er drehte sich im Kreis. Die hellen Neonröhren an der Decke erleuchteten einen runden Raum, der ausschließlich aus dem Wasserbecken bestand, in dem Maxe auf der Stelle paddelte. Mehrere Säulen stützten das hohe Gewölbe. Stahlsprossen führten aus dem Wasser zu einer schmalen Plattform, von der – knapp unter der Decke – eine Tür abging. Maxe kämpfte sich durch den Schaum auf die Leiter zu. Gerade erreichte er die unterste Sprosse, als das Wasserrauschen hinter ihm anschwoll. Er wirbelte herum.
Genau im richtigen Moment: Denn schon kam

Frieda wie ein Torpedo aus der Wasserröhre geschossen!

Platsch!, klatschte auch sie in den Schaumberg. Hinter ihr her schlängelte sich der Gartenschlauch. Ein paar Sekunden später tauchte ihr Kopf zwischen den Seifenblasen auf.

Sie spuckte den Schlauch aus und blinzelte.

„Ahhhh!“, kreischte sie. „Maxe? Maxe? Hast du das gesehen?“

„Frieda! Frieda! Hier drüben bin ich!“, schrie Maxe und winkte seiner Freundin zu.

Frieda schwamm ihm entgegen. „Was für eine Fahrt!“, jubelte sie und deutete zur Wasserröhre. „Das war wie in diesem total coolen Wasserpark, wo ich mal mit meinem Papa war.“

Maxe lachte. „Dann will ich da auch mal hin!“

Prustend stieg Frieda aus dem Schaumbad. „Wenn wir es geschafft haben, diese Schaumschleuder abzustellen, machen wir das.“ Sie sah sich um.

In dem Moment polterte es hinter der Tür.

Frieda zuckte zusammen. „Maxe, da kommt jemand!“ Hektisch zog sie ihn am Ärmel zurück ins Becken. „Wir müssen uns verstecken.“

Schulterzuckend tauchte Maxe hinter seiner Freundin zurück in den Schaum. Sofort waberte ihm eine große weiße Wolke ins Gesicht.
Frieda kicherte leise. „Gute Tarnung!“
„Du sagst es!“, grinste Maxe und drückte ihr eine Handvoll Schaum ins Gesicht. Nun blitzten nur noch ihre Augen hervor.
„Und jetzt leise!“, zischte Frieda, während oben quietschend die Tür aufschwang.
Die Freunde beobachteten, wie Schmier sich durch die Tür schob. Schwer beladen mit drei riesigen Kanistern.
„Ist das die Seife?“, raunte Maxe.
„Ich denke schon“, flüsterte Frieda.
Schmier trat gegen die Tür, die knallend zurück ins Schloss flog. Dann schleppte er die Kanister über die Plattform oberhalb des Beckens. Schnaufend stellte er sie ab und schraubte den Deckel des ersten Kanisters auf.
„Wir müssen ihn aufhalten!“, zischte Maxe durch seinen Schaumbart. Langsam bewegte er sich vorwärts.
„Was hast du vor?“, flüsterte Frieda.

„Ist doch logo, wir schließen den Wasserablauf und den Kerl danach hier unten ein!"
Frieda rollte mit den Augen. „Das klingt nach keinem besonders wasserdichten Plan."
Maxe lachte. „Er muss ja auch nur schaumfest sein."
„Hey, warte mal!" Frieda scannte den Raum. „Wie willst du denn den Ablauf schließen?"
„Ich stopfe meinen Pullover in die Röhre?", überlegte Maxe.
Seine Freundin sah ihn stirnrunzelnd an. „Hm, gar kein schlechter Plan." Maxe grinste.
„Okay, ich bleibe hier und behalte die Tür im Blick. Die ist nämlich unser einziger Ausweg."
Das war das Startzeichen für Maxe. Unauffällig tauchte er ab.
Mit der Taucherbrille auf der Nase konnte er gut unter Wasser sehen. Der Boden war nicht weit entfernt und die Zisterne lupenrein sauber.
Schon hatte er das Rohr an der gegenüberliegenden Wandseite erspäht. Knapp über dem Boden befand sich der Ablauf. Bingo! Und dank des Schaumes würde ihn Schmier auch nicht bemerken.

Maxe tauchte kurz auf, um Luft zu holen. Dann glitt er wieder nach unten.
Das Rohr war in etwa so breit wie sein Oberschenkel. Einen Moment paddelte er unschlüssig davor herum. Sein Pullover würde nicht ausreichen, um es zu verstopfen.
Er schaute an sich hinunter. Sein Blick blieb an seinen nagelneuen Turnschuhen hängen. Widerwillig schlüpfte er aus dem rechten Schuh. Was man nicht alles tat, um die Stadt zu retten!
Anschließend zerrte er sich den Pullover über den Kopf und wickelte ihn eng um den Schuh.
Jetzt war das Bündel ziemlich groß. Maxe wollte es in die Röhre schieben – aber das war gar nicht so einfach unter Wasser! Der Schuh klemmte und das Wasser lief weiter ab.
Noch einmal holte Maxe kurz Luft, dann rammte er das Bündel mit beiden Händen in die Röhre.
Zufrieden beäugte er sein Werk. Es sah so aus, als würde es halten!
Schnell tauchte er wieder auf und schwamm, verborgen vom Schaum, zurück in Richtung Leiter.
Dort musste Frieda auf der Lauer liegen.

Plötzlich bemerkte er aus dem Augenwinkel eine Bewegung über sich.
Schmier!
Maxe zog den Kopf ein – und entging knapp einem Schwall Flüssigseife. Er beobachtete, wie die grünblaue Flüssigkeit sich im Wasser verteilte und der Schaum noch höher waberte. Schon öffnete Schmier den nächsten Kanister.
Maxe schnaubte wütend. Höchste Zeit, dass jemand den Kerl stoppte! Aber wo war Frieda? Keine Spur von ihr – weder unter Wasser noch oben bei der Tür. War sie womöglich schon draußen?
Vorsichtig griff Maxe nach der Stahlleiter. Schmier war noch immer beschäftigt und hatte ihm den Rücken zugewandt.
So leise wie möglich kletterte Maxe aus dem Wasser die Sprossen hoch. Immer wieder geriet er mit seinen seifennassen Füßen ins Rutschen, doch schließlich hatte er es geschafft. Auf dem Bauch robbte er über die Plattform, direkt auf die Tür zu. Er spähte hinaus in den kleinen Vorraum. Doch der war leer. Wo zum Geier war Frieda? Gerade wollte

er zurückschleichen, als ihm eine rot leuchtende Anzeigetafel neben der Tür auffiel.
Maxe staunte. „Das sieht ja fast aus wie eine Steuerungseinheit …“ Er trat näher heran und ließ dabei für einen Moment den Zisternenraum aus den Augen.
Und da geschahen mehrere Dinge gleichzeitig: Ein lautes Platschen ertönte, und Maxe fuhr zur Tür herum. Friedas Kopf tauchte unter dem Wasserzufluss im Schaum auf. Keuchend rang sie nach Luft.
Schmier ließ den Kanister polternd auf die Plattform fallen und wandte sich um. Seine dunklen Augen fixierten Maxe.
Wie erstarrt stand Maxe in der Tür. „Oh no.“
Schon stampfte der Knastbruder wütend auf ihn zu. „Na, gibt's denn so was? Wie hast du es hier heruntergeschafft?“
Na klar! Schmier glaubte, dass Maxe sich von oben hereingeschlichen hatte. Zum Glück schien er Frieda noch nicht entdeckt zu haben. Um ihn abzulenken, lief Maxe zurück auf die Plattform.
„Du glaubst wohl, du bist besonders schlau und

könntest mich aufhalten, was?“, wetterte der Gauner böse.

Maxe verzog das Gesicht zu einem breiten Grinsen. Er musste Zeit gewinnen. Wenn Frieda unentdeckt blieb, hatten sie vielleicht noch eine Chance. „Klaro, da müssen Sie schon früher aufstehen, um mich loszuwerden.“

„Pah! Bürschchen. Nicht mit mir!“ Schmier machte einen Schritt auf ihn zu.

Frieda hatte er noch immer nicht bemerkt. Fast hätte Maxe gelacht. Der Kerl war ja dümmer, als die Polizei erlaubte! Maxe machte sich bereit. Würde Schmier ihn zurück nach oben ins Rathaus schleppen?

Doch zu Maxes Entsetzen lief der Kerl einfach aus der Zisterne hinaus. „Du kannst hier unten nicht viel anstellen. Also sei einfach schön brav.“ Kurz bevor er die Tür zuschlug, streckte er noch einmal den Kopf herein. „Ach ja, und falls du vorhaben solltest, den Abfluss zu verstopfen – lass es lieber. Die Zisterne läuft sehr schnell voll und dann wird dir irgendwann die Luft ausgehen.“

Maxe schluckte. Seine verräterischen Augen

wanderten automatisch zum Wasserzufluss, durch den er zuvor gerutscht war.

„Denk nicht mal dran. Das Rohr lässt sich nur von hier draußen schließen." Lachend warf Schmier die Tür zu und verriegelte das Schloss.

Maxe stieß die Luft aus. „Okay, Frieda, du kannst rauskommen."

Schon kletterte sie aus dem Wasser. „Mist, Mist, Mist!", schimpfte sie wütend. „Wir sitzen in der Falle!"

„Wieso hast du da draußen an der Steuerungseinheit nicht das Rohr geschlossen?", rief Maxe. „Schmier war abgelenkt!"

„Hab ich ja versucht!", verteidigte sich Frieda. „Aber unser Gartenschlauch-Schnorchel muss den Mechanismus im Rohr blockiert haben. Also die Klappe, die zugehen muss. Darum bin ich zurück, um den Schlauch rauszuziehen. Als es nicht funktionierte, wollte ich hochklettern. Dabei bin ich abgerutscht und ins Wasser geplumpst", schloss sie ihren Bericht und strich sich frustriert den Schaum aus den Haaren.

„Und nun?", fragte Maxe. Mit wachsendem

Unbehagen stellte er fest, dass immer mehr Leitersprossen unterm Schaum verschwanden.
„Das Wasser steigt. Irgendwann geht uns die Luft aus. Wir müssen den Abfluss wohl wieder öffnen … früher oder später.“
Frieda sah sich unsicher um. „Wir werden schon eine Lösung finden.“

Mission: Das Klassentreffen 505.ZZZ.8/14

DIENSTAG, 05. APRIL

LBE:

1 Paar knallgelbe Gummistiefel
1 Badehose

17:34 UHR. MITTELHAUSEN. KARLS KANAL.

Ich muss gestehen, ich bin schwer beeindruckt! Nicht nur Zack ist auf Zack, sondern auch der Rest dieser einst so schnarchnasigen Klasse. Wenn das nicht Zeugnis des Erfolgs unserer harten Arbeit der letzten Monate ist! Leute, das motiviert! Da heißt es also: Dranbleiben, gemeinsam schaffen wir das.

MfG
Insp. RR

Karl und sein Kanal

Die Minuten zogen sich wie Kaugummi in die Länge. Nichts passierte. Schmier kam nicht wieder und das Wasser stieg. Schon bald würde der Schaum die Unterkante des Rohrs erreichen.

„Wir könnten den Abfluss wieder freimachen“, sagte Maxe kleinlaut. „Ich könnte es zumindest versuchen. Hab meinen Pullover reingesteckt mit meinem neuen Turnschuh.“ Er hob den Fuß aus dem Schaum und wackelte mit den Zehen.

Frieda ballte wütend die Fäuste. „Niemals! Wenn wir nicht zurückkommen, werden uns die anderen vielleicht suchen.“

Maxe guckte sie zweifelnd an. „Ich weiß nicht. Schließlich war es unsere Mission, Schmier zu stoppen.“
Frieda wiegte den Kopf hin und her. „Klar, aber Karl will verhindern, dass der Schaum die Stadt verlässt. Er wird alles dransetzen, das Wasser …“
Frieda verstummte. „Hörst du das auch?“
„Was denn?“, fragte Maxe neugierig. „Ich höre gar nichts.“
„Eben!“ Schon hüpfte Frieda zurück ins Wasser. Umhüllt von grünblauem Schaum schwamm sie zum Zufluss in der Zisternenwand. „Das Wasser hat aufgehört zu plätschern“, rief sie atemlos.
„Das heißt, das Rohr ist unter Wasser“, sagte Maxe traurig.
„Nein, das kann nicht sein, gerade war es noch zu sehen!“ Frieda tastete die graue Betonwand ab. „Hier!“, schrie sie erleichtert. „Hier ist es!“ Mit beiden Armen schob sie den Schaum zur Seite. Und tatsächlich: Das Rohr war noch frei!
Aufgeregt sprang Maxe nun auch ins Wasser und paddelte zur Zisternenwand.
„Es hat aufgehört nachzulaufen“, stellte er

verwundert fest. „Aber wie kann das sein?“
Ungläubig starrte er in die breite Röhre, durch die sie gerutscht waren.
Jetzt, da der Wasserstand in der Zisterne so hoch war, konnte er bequem hineinschauen.
Frieda schüttelte unsicher den Kopf. „Keine Ahnung.“
Maxe packte den Gartenschlauch und kletterte in die Röhre. „Das ist unsere Rettung!“
„Bist du verrückt? Was, wenn das Wasser zurückkommt und wir mitten in der Röhre stecken?“
Frieda packte ihn am Hosenbein.
Aber Maxe lachte bloß. „Was soll schon passieren? Dann landen wir wieder im Becken.“
Frieda ließ ihn los. „Na gut, meinetwegen.“
Maxe war schon vollkommen in die Dunkelheit abgetaucht, als Frieda hinter ihm herkrabbelte.
„Und was, wenn wir uns irgendwo hochhangeln müssen? Hier sieht man ja noch nicht mal die eigene Hand vor Augen!“
„Besser, als in dieser Zisterne zu versauern!“, antwortete Maxe.
Schon hatte er das Ende der Röhre erreicht.

Vorsichtig streckte er die Beine aus und spürte sofort Wasser unter den Füßen.
„Hier muss ein weiteres Auffangbecken sein!“, rief er Frieda zu und ließ sich nach vorn gleiten. „Und davon geht noch eine Röhre ab. Zumindest einmal bin ich gefallen.“
Er versuchte zu stehen, das Wasser reichte ihm bis zur Brust. Langsam stakste er vorwärts.
Frieda hüpfte nun ebenfalls ins Wasser. „Uuuh, das ist schon ein wenig unheimlich! Wer weiß, was sich hier unten alles versteckt.“
Maxe watete weiter, immer am Schlauch entlang. „Frösche, Schlangen, Würmer, Blutegel ...“
„Bäh, Maxe, du bist so widerlich!“, stöhnte Frieda lachend. „So genau wollte ich's nicht wissen.“
Dong! Maxe stieß mit dem Kopf gegen eine Wand. „Oh, hier ist das Becken zu Ende!“ Hastig tastete er am Schlauch entlang. Er führte aufwärts.
„Hoffentlich ist das nächste Rohr nicht zu weit oben.“ Maxe suchte etwas, an dem er hochklettern konnte. Seine Hände strichen über nackte glitschige Wände, über kantigen Stein – und über eine Metallstange.

„Oh, ich glaube, ich hab was entdeckt …“ Maxe griff weiter nach oben. Noch eine Stange.
„… vielleicht eine Leiter?“ Probehalber setzte er den Fuß auf die erste Stange. Sie hielt!
„Los, Frieda, hier rüber!“ Schon war er drei, vier Sprossen hochgeklettert, als er mit dem Kopf gegen Metall stieß.
Dong!
„Maxe, alles k-k-klar?“, rief Frieda unter ihm. Ihre Zähne klapperten mittlerweile ganz schön heftig, sodass Maxe sie kaum verstand.
„Autschi! Ich glaube, ich habe die nächste Röhre entdeckt.“ Er tastete weiter über seinem Kopf umher, bis seine Finger eine Kante fanden. „Okay, ich glaube, hier geht's weiter.“ Er prüfte noch mal den Schlauch und stellte zufrieden fest, dass er in der Röhre verschwand.
Entschlossen packte Maxe mit beiden Händen die Kante und zog sich aufwärts. „Uff, gar nicht so einfach.“ Wie eine Schlange wand er sich in die Öffnung, suchte jedoch vergeblich nach Halt. Also packte er den Gartenschlauch ein wenig fester und hangelte sich daran hoch. Zu seiner Erleichterung

gab der Schlauch kein bisschen nach, sondern hielt seinem Gewicht stand.
Schwups!, war er im Rohr verschwunden.
„Frieda?“ Hastig drehte er sich um und streckte eine Hand aus. „Bist du schon da? Ich zieh dich hoch!“
Eine kalte glitschige Hand fand die seine. „Hier bin ich!“, krächzte seine Freundin.
„Nimm den Schlauch in die andere Hand, der hält!“ Maxe stemmte sich mit den Füßen gegen die Röhrenwand und half Frieda hinein.
„Puh! Wenigstens w-w-wird einem beim K-k-klettern wieder w-w-warm!“, keuchte sie mit klappernden Zähnen.
„Okay, auf geht’s, jetzt nur noch hier hoch!“ Maxe drehte sich wieder um und begann, an der Röhrenwand hinaufzukraxeln. Den Schlauch nahm er dabei zu Hilfe, um nicht ständig von den glatten Wänden abzurutschen.
Immer höher und höher kletterten die Freunde.
„Ich glaube, es wird w-w-wärmer!“, japste Frieda, noch immer mit klappernden Zähnen.
„Ich glaube, es wird heller!“, rief Maxe begeistert.

Vor ihm schimmerte etwas Licht in der Röhre. Langsam konnte er sehen, wo sie langkrabbelten. Plötzlich vernahm er ein aufgebrachtes Bellen. „Makkaroni!" Maxes Herz machte einen Satz. Sein Hundekumpel wartete noch immer auf ihn! Maxe legte noch einen Zahn zu. „Makkaroni, ich komme!", brüllte er den Tunnel hinauf.
Ein freudiges Bellen war die Antwort.
„Makkaroni!" Jetzt konnte Maxe das Ende bereits erkennen. Grelles Licht schien ihm ins Gesicht. Was war denn das? Erschrocken hob er eine Hand vors Gesicht.
„Maxe? Frieda?", empfing sie eine bekannte Stimme.
Die Lampe verschwand, und Karls Gesicht kam direkt vor ihm in Sicht.
Doch bevor der Klassensprecher weitersprechen konnte, wurde er von einem gelben Fellwuschelkopf zur Seite geschubst.
„Makkaroni!" Glücklich rollte Maxe aus der Röhre ins Bachbett und umarmte seinen Hundekumpel. „Wir haben's geschafft!", johlte er fröhlich, während Knutschi sich schnurrend auf Frieda warf.

„Und was ist mit dem Schaum?“, rief Karl dazwischen. „Wir haben versucht, das Wasser umzuleiten, damit auch keins mehr nachfließt.“
Maxe ließ Makkaroni los und umarmte Karl. „Das war genial! Du hast uns echt den Hintern gerettet.“
Vollkommen verdutzt sah der Klassensprecher Maxe an. Seine Ohren wurden ein bisschen rot dabei. Vor allem, als ihm auch noch Frieda dankbar auf die Schulter klopfte. „Dass ich da nicht gleich draufgekommen bin!“, rief sie kopfschüttelnd. „Aber zum Glück haben wir ja noch ein Notfall-Team im Rücken gehabt!“ Erleichtert schaute sie in die Runde, von einem stolzen Kindergesicht zum anderen. Dann fiel ihr Blick auf den kleinen Staudamm, den die Klasse aus Steinen vor dem Kanaleingang errichtet hatte.
Maxe pfiff durch die Zähne. „Nicht schlecht! Astreine Staudammbauarbeiten.“ Er knuffte Pascal in die Seite, der gerade den letzten Stein ganz am Rand ablegte.
„Haben wir alle von draussssen angessschleppt, drum hat’sss eine Weile gedauert“, erklärte sein Klassenkamerad.

„Das heißt, Mittelhausen und der Wald sind gerettet?“, piepste Suse.
Frieda seufzte. „Vorerst, aber ich befürchte, dieser Schmier wird nicht aufhören mit seinen fiesen Streichen.“ Sie hob ihre Tasche vom Boden auf und nahm Knutschi auf den Arm.
Felix kicherte überdreht. „Ja, der ist fast wie Maxe!“
Keiner lachte.
„Na ja, nur in groß eben“, versuchte Felix einzulenken.
Doch zu aller Überraschung rief Maxe aufgeregt: „Du hast vollkommen recht!“ Er raufte sich die Haare und lachte. „Wahrscheinlich versucht er bloß, die Langeweile zu bekämpfen … genau wie ich.“
Seine Klasse sah ihn stirnrunzelnd an.
„Hä?“, machte Karl.
Aber Frieda verstand. „Was würde dich davon abhalten, weiterzumachen?“, fragte sie Maxe.
Maxe stutzte. „Na ja, seit der Inspektor da ist und alles irgendwie aufregend und spaßig geworden ist …“

Frieda nickte heftig. „Ja, du hast recht. Seitdem spielst du gar nicht mehr so viele Streiche."
Maxe strahlte. „Das ist genial. Kommt mit, Leute! Ich glaube, ich weiß jetzt, wie wir Schmier unschädlich machen." Und schon hüpfte er das Bachbett hinab in Richtung Marktplatz. „Aber dafür brauchen wir unsere Fahrräder."

Mission: Das Klassentreffen 505.ZZZ.8/15

DIENSTAG, 05. APRIL

LBE:

1 Regenschirm
1 Windmaschine
1 Regenmantel
1 Paar knallgelbe Gummistiefel

17:56 UHR. MITTELHAUSEN. RATHAUSPLATZ.

April, April, der macht, was er will. Aber nicht nur dieser. Einfach unglaublich, wie Maxe dem alten Knastbruder ein Schnippchen geschlagen hat. Keine Frage, auch diesmal weiß Spezialagent Zack seine Stärken gekonnt auszuspielen. Jetzt muss ich nur noch zusehen, dass das Wetter mitspielt und den letzten Rest Schaum beseitigt. Meine Olivenöl-Spezialmischung tut dann ihr Übriges.

MfG
Insp. RR

Der letzte Streich

Fahrräder?“ Karl stand mit seinem Hollandrad vor dem Brunnen am Marktplatz. „Wozu brauchen wir die denn?“

Von Weitem sah es so aus, als wäre die Klasse auf Fahrradtour, denn jedes Kind hatte sein Rad von zu Hause geholt.

Maxe saß im Sattel seines Bikes und Jonas im Kinderwagen dahinter. „Besser, ich führe es euch vor“, erklärte er den anderen.

Mittlerweile stand die Sonne tief am Himmel und die nassen Sachen der Kinder waren getrocknet. Auch der Schaum ringsum sackte langsam ein

wenig zusammen. Nur die Straßen wirkten, als hätte ein Orkan das kleine Städtchen heimgesucht.
Karl seufzte. „Aber wie sollen wir das bloß je wieder alles aufgeräumt bekommen?“
Maxe klopfte dem Klassensprecher beschwichtigend auf die Schulter. „Erinnerst du dich nicht an den Schüleraustausch? Als ich mein ganzes Haus verwüstet hatte und du alles für mich aufgeräumt hast?“
Karl kicherte ein wenig. „Ja, das war fast schlimmer.“
„Eben.“ Maxe deutete auf den zugemüllten Gehweg. „Und was hast du dann gemacht?“
„Äh, aufgeräumt?“
Maxe schüttelte den Kopf. „Du hast dir ein tolles Spiel ausgedacht!“
Karls Gesicht hellte sich auf. „Stimmt!“ Voller Tatendrang radelte er los. „Dann brauchen wir nur noch ein paar Besen und am besten auch Säcke.“
Frieda klatschte in die Hände. „Ihr habt den Klassensprecher gehört, auf geht's zum Rathaus!“
Gemeinsam überquerten sie den Marktplatz, umrundeten die Kirche und näherten sich dem

alten Rathaus von hinten. In der Seitenstraße stiegen sie wieder ab und spähten um die Ecke.
„Wie viel Zeit uns wohl bleibt, bis Schmier sich eine neue Sauerei einfallen lässt?“, überlegte Frieda, während sie mit ihren Rädern an der Sandsteinfassade entlangschlichen.
Maxe seufzte. „Spätestens, wenn ihm langweilig wird, stellt er wieder was an. Das ist bei mir auch immer so.“
Vorsichtig pirschte er ums Gebäude herum und durch die schmale Nische zwischen Fahrradschuppen und Fassade. Auf halbem Weg stoppte er plötzlich und sah auf den Boden. Dort lag der nun etwas verbogene Schirm, mit dem er zuvor ins Obergeschoss geflogen war. Grinsend hob er ihn auf. „Perfekt!“
„Los, komm schon, was trödelst du denn rum? Viel Zeit bleibt uns eh nicht. Lange wird das Klassentreffen nicht mehr dauern, und ich will auf gar keinen Fall, dass irgendjemand denkt, wir wären für all das hier verantwortlich!“, drängte Frieda.
„Da hast du recht!“, sagte Maxe düster.

„Das würde Schnittlich sicher gefallen, uns die Schuld dafür in die Schuhe zu schieben."
Frieda machte eine Vollbremsung und schlug sich an die Stirn. „Wie habe ich das bloß übersehen können?"
„Was denn?"
„Schnittlich muss mit diesem Typen unter einer Decke stecken", rief Frieda aufgeregt. „Nur so ergibt das alles einen Sinn."
Maxe sah sie zweifelnd an. „Aber wieso denn? Er hat ihn nicht mal eingeladen."
„Ich glaube, das ganze Klassentreffen war nur ein Vorwand, um uns eins auszuwischen! Unseren Eltern zu beweisen, dass wir unfähig und verantwortungslos sind!"
„Das kommt gar nicht in die Tüte, den beiden werden wir's zeigen …" Maxe setzte Jonas in den Buggy. „Na, was meinst du, kannst du mein Rad fahren?"
Frieda sah ihn fragend an. „Wieso, was hast du vor?"
Maxe zwinkerte frech und schwenkte den Regenschirm durch die Luft. „Ich spiele dir die Bälle zu."

Er blickte sich suchend um. „Hier muss doch irgendwo … ah, da!“ Er bückte sich und fischte einen leeren gelben Müllsack aus dem Gebüsch. „So, Jonas, du hältst den schön auf, okay?“

Mit strahlenden Augen nahm der Kleine den Sack entgegen und hielt die Öffnung vor sich.

Maxe klappte den Schirm zusammen und drehte ihn um, mit dem Knauf nach unten. „Und nun, Frieda, gib mal Gas!“

Frieda stieg auf Maxes Rad. Da sie um einiges größer war als er, sah das ziemlich lustig aus. Etwas schwerfällig setzte sich das seltsame Gefährt in Bewegung. Maxe sauste hinterher. Eben nahm er eine leere Blechdose ins Visier, als die anderen Kinder vor dem Rathaus eintrudelten.

„Maxxxe, wasss sssoll dasss denn werden?“, wunderte sich Pascal, als Maxe mit dem Knauf des Regenschirms ausholte.

„Schau hin und lerne!“, grinste Maxe und zog durch. Der Knauf traf die Dose. In hohem Bogen flog sie durch die Luft und landete zielsicher in Jonas' gelbem Müllsack. „Yeah!!!“, jubelte Maxe und die Klasse stimmte lachend mit ein.

Jonas kreischte begeistert und hüpfte im Wagen auf und ab.
Maxe hatte bereits den nächsten Müll im Visier. Er hüpfte auf eine verbeulte Waschmittelflasche zu, holte aus und schoss das Teil mit absoluter Präzision hinein in Jonas' Sack.
Diesmal klatschten die Kinder noch lauter.
Karl schwang sich kichernd auf sein Rad, Anton setzte sich mit einem gelben Sack auf den Gepäckträger. Im Nu hatten die Kinder den Platz vor dem Rathaus aufgeräumt.
Eben wollten sie weiter zum Markt fahren, als die Tür des Rathauses aufgerissen wurde.
Frieda machte eine Vollbremsung und Maxe hielt grinsend neben ihr. „Na, wer sagt's denn?"
Karl kicherte. „Du würdest doch auch keine Party verpassen, oder, Maxe?"
Maxe lachte. „Niemals!"
In der Tür stand Schmier. Er fixierte Maxes Regenschirm. „Gib mal her!", zischte er und streckte gierig die Hand nach dem Schirm aus.
Maxe hielt ihm den Schirm entgegen. „Klar doch, bei uns können alle mitspielen!"

Schmier schnappte sich den Schirm und stampfte los.
Doch die Straße war mittlerweile so ordentlich wie nie zuvor. Während die einen den Müll zusammengesammelt hatten, waren die anderen mit den Spülbürsten über die Straße gesaust. Das Ergebnis war beeindruckend: Überall glänzte und blitzte es, der Asphalt sah aus wie neu. Selbst Knutschi schnurrte zufrieden, als sie mit gespitzten Ohren am blitzblanken Straßenbelag schnupperte.
„Hier gibt es nichts mehr zum Wegschießen", brummte Schmier enttäuscht.
Sofort war Frieda zur Stelle. „Aber vor der Schule am Mittelbach gibt's umso mehr!" Sie sprang von ihrem Fahrrad und schob es zu Schmier. „Wenn Sie wollen, dürfen Sie meins benutzen."
Das ließ Schmier sich nicht zwei Mal sagen. Er griff nach dem Rad und schwang sich in den Sattel. Den Regenschirm legte er sich über die Schulter, während er einhändig losradelte.
Bingo! Alles lief nach Plan. Maxe zwinkerte, Frieda setzte sich auf seinen Gepäckträger, und gemeinsam folgten sie Schmier in Richtung Schule.

Schon bald versperrten die ersten Müllhaufen ihren Weg und Schmier stieg ab.
Maxe eilte zur nächsten Mülltonne und spannte sie hinter Friedas Rad. „Ich fahre, Sie schießen?“, fragte er hoffnungsvoll.
Schmier nickte und legte los. Mit einem einzigen Schlag versenkte er die verbeulte Gießkanne in der Tonne. „Schau dir das an, Junge, das kannst du nicht, oder?“ Eine Blechdose nach der anderen folgte.
Maxe zuckte die Schultern. „Super Schlag, echt abgefahren!“
Die Kinder jubelten. Schmier lachte begeistert und rannte zum nächsten Müllberg, direkt vor der Schule. Suse und Karl fegten mit den Spülbürsten hinterher.
Als sie das Tor der Schule erreichten, zog ein heftiger Wind auf. Die letzten Schaumreste wurden aufgewirbelt.
Maxe blickte hoch zum Himmel. Ein Tropfen landete auf seiner Nase. „Es regnet“, bemerkte er erstaunt. „Dabei schien doch eben noch die Sonne!“

Frieda zuckte die Achseln. „April, April …"
Und dann ging es richtig los. Ein kräftiger Schauer entlud sich über ihren Köpfen.
In nur wenigen Minuten war nichts mehr vom Schaum zu sehen. Und auch der Müll verschwand nach und nach in der Tonne.
Genauso plötzlich, wie das Unwetter gekommen war, legte es sich. Schon strahlte wieder die Sonne.
Eben düste Maxe auf den Schulhof und Schmier versenkte eine leere Fertiglasagnen-Packung, als mit einem Mal die Schultür aufgestoßen wurde.
Maxe bremste abrupt ab. Leider hatte Schmier schon wieder ausgeholt, eine Limodose war alles, was vom Müllhaufen vor der Schule noch übrig war. Zielsicher traf er die Dose, und sie schoss los – direkt auf die offene Schultür zu.
Genau in diesem Moment drängte eine Person ins Freie. „Kinder? Kinder?"
„Frau Penne?", rief Maxe erschrocken. „Deckung!"
Die Klassenlehrerin reagierte blitzschnell – absolut unpennig – und hechtete zur Seite. Die Dose verfehlte sie haarscharf und knallte stattdessen dem Schulleiter an die Stirn.

Es schepperte laut.
Maxe kniff die Augen zusammen. „Upsi."
Schnittlich torkelte einen Moment auf der Stelle, dann fiel er rückwärts in die Eingangshalle.
„Upsi!", sagte Schmier. Er trat auf den Schulleiter zu, während sich von hinten die Eltern um ihn versammelten.
„Mama!", kreischte Jonas begeistert, rannte los und trampelte über Herrn Schnittlich hinweg, schnurstracks in die Arme seiner Mutter.
Maxes Eltern schauten ihn überrascht an. Seine Mutter blinzelte. „Wo ist denn die Zeit geblieben? Warum ist es noch hell?"
„Du meinst wohl *schon wieder*!", grinste Maxe und lief an Schnittlich vorbei.

Dabei konnte er sich ein schadenfrohes Grinsen nicht verkneifen.
Fast hatte er seine Mutter erreicht, als Schnittlichs Hand plötzlich nach vorn schnellte und seinen Knöchel packte. „Das warst doch du, du mieser kleiner Bengel!“, zischte Schnittlich und zerrte an Maxes Bein.
Maxe versuchte panisch, seine Hand abzuschütteln. Doch Schnittlichs Griff war eisern.
„Hey, was machen Sie da?“, mischte sich gerade Maxes Vater ein, als eine wohlbekannte Stimme über den Schulhof schallte. „Ach wie schön! Alle vereint! Was für ein wunderbares Klassentreffen!“
Die Versammelten fuhren herum. Auf dem untersten Treppenabsatz, genau neben Schmier, stand auf

einmal der Inspektor in Hut und Mantel. Wie immer hatte er eine dunkle Sonnenbrille auf der Nase. Gut gelaunt lächelte er in die Runde, dann kam er die Treppe herauf und beugte sich über Schnittlich.

Langsam zog er die Sonnenbrille ein Stückchen nach unten. „Oh, das gibt eine dicke Beule. Besser, Sie machen sich gleich mal einen schönen Quarkwickel drauf."

„Nix werde ich tun! Den Teufel werde ich … da lässt man diese Kinder ein Mal aus den Augen, und sie haben nur Unsinn im Kopf! Sehen Sie sich doch diesen Jungen an und diese Sauerei da draußen …"

Schnittlich rappelte sich umständlich hoch.

Die Eltern und die Kinder wichen verwundert zurück.

„Welche Sauerei und welcher Junge?", erkundigte sich Rumpus. Der Inspektor blickte fragend zwischen Schulhof und Schulleiter hin und her.

Nun drängelten auch die Eltern und Frau Penne ins Freie. Staunen machte sich breit.

„So ordentlich sah es hier noch nie aus!", bemerkte Suses Mutter.

„Hier ist es ja sauberer als bei uns in der Backstube!“, freute sich Elinores Oma.
„So blitzblank war der Schulhof noch nie!“
Maxes Vater schlitterte über den Boden. „Wahnsinn, wie mit Seife gewaschen!“
Die Kinder kicherten, Schmier grinste.
„Wart ihr das, Kinder?“, fragte Frau Penne stolz.
„Das ist wirklich hervorragend, finden Sie nicht, Herr Schulleiter?“, bohrte der Inspektor nach.
„Äh …“ Schnittlich hatte es die Sprache verschlagen. „Äh, ja, ganz wunderbar, also, ich …“, stammelte er bloß.
Da drängte sich Schmier nach vorn. „Ich war das! Ich ganz allein! Erst habe ich die Stadt eingeschäumt und dann habe ich alles aufgeräumt und dann habe ich dabei leider versehentlich Musterknabe abgeschossen, also, weil …“
„Wer ist Musterknabe?“, fragte Frau Penne verwirrt.
Maxe grinste frech. „Das wäre dann Schnittlich, weil er nämlich …“
„Ruhe!“, brüllte Schnittlich aufgebracht. „Inspektor, verhaften Sie diesen Mann!“

„Ich bin leider nicht *diese* Art von Inspektor", erwiderte Rumpus gelassen und tippte sich an den Hut. „Jetzt, da alles geklärt ist, würde ich mich auch schon wieder verabschieden. Viel Arbeit wartet auf mich, Langeweile bekämpfen und so …"

„Bitte was?", meldete sich Maxes Mutter.

Doch da war Rumpus auch schon abgedampft.

Maxe hakte sich bei seiner Mutter ein. „Ach, nicht so wichtig. Gehen wir nach Hause, ich hätte jetzt echt Lust auf ein richtig leckeres Mama-Essen, wie wäre es mit Käse-Makkaroni?"

Das war Makkaronis Stichwort. Begeistert bellend hüpfte er um Maxe herum.

Elinore umarmte ihre Oma. „Ich hätte sooooo gerne eine von deinen Sahnetorten zum Abendessen."

Frieda fiel ihren Eltern um den Hals. „Ich hab euch so vermisst!" Sie drückte ihre Mama und ihren Papa so fest, dass Knutschi in ihrer Jacke empört miaute.

Maxes Papa guckte verwirrt in die Runde. „Wie lange waren wir denn weg?" Dann blieb sein Blick an Maxe kleben. „Ich hoffe, zu Hause ist auch alles in Ordnung?“

Maxe hob abwehrend die Hände. „Was denkst du von mir? Hab ich jemals irgendwas eingemüllt?“

Die Klasse brach in Gelächter aus.

„Vielleicht das eine oder andere Mal“, räumte Maxe ein, „aber nur, weil mir langweilig war … und heute war mir so gar nicht langweilig, nicht mal ein kleines bisschen, nicht mal …“

Frieda legte lachend den Arm um Maxe. „Schon gut, wir haben's verstanden.“

Mission: Das Klassentreffen 505.ZZZ.8

DIENSTAG, 05. APRIL

LBE:

12 Liter Olivenöl
20 XXL-Pizzen
33 Tüten Zwiebelchips
1 Spezialmischung gegen Blähungen

18:21 UHR. MITTELHAUSEN. SCHNITTLICH-SCHULE.

Die letzten Überbleibsel der Schaumparty in Mittelhausen wurden beseitigt. Danke an das gesamte Team der Abteilung für Sicher- und Säuberung. Die Windmaschine und der Regen taten ihr Übriges. Keine Tiere oder Kinder kamen bei den Arbeiten zu Schaden, was sehr erfreulich ist und durchaus nicht selbstverständlich.

Ein weiteres Abenteuer ist bestanden, Schnittlich wurde ein weiteres Mal erfolgreich mit Spaß und Spannung geschlagen. Die Langeweile-Werte in ganz Mittelhausen sind weiterhin am Sinken.

Aber aus Erfahrung kann ich sagen – ein erneutes Eingreifen unserer Behörde ist unabdingbar. Es sei Ihnen also versichert, werte Kollegen und Kolleginnen, unser tatkräftiger Einsatz an der Schnittlich-Schule wird in Kürze fortgesetzt!

MfG
Insp. RR

Sabrina J. Kirschner hat schon als Kind Abenteuergeschichten geliebt. In London studierte sie Kreatives Schreiben und Literatur und arbeitete anschließend als internationale Turnierreiterin und Kinderbuchlektorin. Heute lebt sie mit ihrer Familie im Alpenvorland und erzählt ihre eigenen, absolut unlangweiligen Abenteuergeschichten.

Monika Parciak ist in Danzig, Polen, geboren und in Nordrhein-Westfalen aufgewachsen. Sie hat eine Ausbildung und ein Studium zur Grafikdesignerin abgeschlossen und in einigen Werbeagenturen gearbeitet. Inzwischen illustriert sie am liebsten lustige Kinderbücher, während geheimnisvolle Agenten durch ihr Atelier schleichen. Sie lebt und arbeitet in Neuss.

Die Abenteuer der
„Unlangweiligsten Schule der Welt“
gibt es überall im Buchhandel
sowie auf carlsen.de

Mit Fragen zur Produktsicherheit wenden Sie sich bitte an:
carlsen.de/kontakt

Umschlag und Innenillustrationen: Monika Parciak
Umschlaggrafik: Sabine Reddig
Lektorat: Jacqueline Guse
Gestaltung: Constanze Hinz
Herstellung: Stefan Haupt
Lithografie: Margit Dittes Media, Hamburg
Satz: Pinkuin Satz und Datentechnik, Berlin
978-3-551-65398-7